N° 19

COLLECTION DES
ROMANS POPULAIRES

20 c

par
Lucien DARVILLE

5. Rue Bayard. PARIS

ROMANS POPULAIRES A 20 CENTIMES

Lucien DARVILLE

Fatal Boulet

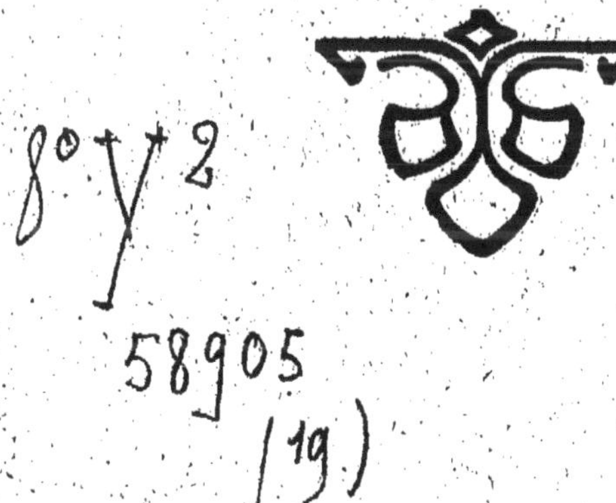

PARIS, 5, rue Bayard, PARIS

ROMANS A 20 CENTIMES

Il paraît un Roman complet chaque Mois donnant, comme texte, la valeur d'un volume à 3 fr. 50.

CHAQUE VOLUME : 20 CENTIMES
*port, **5 centimes** pour chacun des **10** premiers romans.*

A PARTIR DU N° 11, PORT POUR CHAQUE VOLUME : 10 CENTIMES

*Pour recevoir chaque volume dès son apparition, on peut prendre un abonnement annuel de **3 francs** pour la France, l'Algérie et la Tunisie, **3 fr. 50** pour les autes Colonies françaises et l'Étranger.*

Des conditions exceptionnelles sont faites pour les abonnements par quantités. Les demander à nos Bureaux.

ROMANS PARUS

1. — L'Homme debout, par Roger Dombre.
2. — Les Chasseurs du Roi, par Gustave Hue.
3. — Abandonnée, par Eva Jouan. *(épuisé)*
4. — L'Héritier des ducs de Sailles, M. Delly. (épuisé)
5. — Solange de Morthône, par C. d'Othe. *(épuisé)*
6. — Fleur de Genêt, par G.-M. Rousseau.
7. — Balarin pharmacien, par R. Manoir.
8. — Le Capitaine Rex, par R. Duguet et G. Thierry.
9. — L'Ermite du Saint-Gothard, par O' Betnor.
10. — Autour de l'Aigle, par M. Cassabois.
11. — Misérable, par Richard Manoir.
12. — Sans boussole, par Lucien Darville.
13. — Les Enfants de Clairette, par P. du Chateau.
14. — Favori de Prince, par Jean de Loussot.
15. — Après l'épreuve, par Mme Charles Péronnet.
16. — Les deux fraternités, par M. Delly.
17. — Femme d'officier, par P. du Chateau.
18. — Tout naturel, par Hélène Jean Babin.
19. — Fatal Boulet, par Lucien Darville.

(Les numéros épuisés ne seront pas réédités)

5, RUE BAYARD, PARIS, ET DANS TOUTES LES GARES

FATAL BOULET

I

EN WAGON

Il était 5 heures du matin, et une âpre bise transformait en glaçons les gouttelettes de rosée. Sous la marquise de la gare de la Possonnière, quelques réverbères à la lumière rougeâtre combattaient sans succès l'épaisseur des ténèbres. Un train arrivant d'Angers venait de stopper, et les employés parcouraient les trottoirs en criant d'une voix enrouée :

— Il n'y a plus personne pour la ligne de Cholet? En voiture les voyageurs pour Nantes!

— Quel chien de temps! dit un homme d'équipe en passant auprès du serre-frein. Tu dois geler dans ta guérite, là-haut, mon pauvre vieux!

— Que veux-tu? repartit philosophiquement l'employé, je suis encore moins à plaindre que nos pauvres petits pioupious dans les tranchées, là-bas, au Mont-Valérien!

— Ça, c'est vrai, reprit l'homme d'équipe. Oh! ces canailles de Prussiens! Eût-on jamais pensé qu'ils viendraient assiéger Paris!.....

Et, en effet, celui qui au mois de mai 1870 eût prédit aux Parisiens plongés dans la double fièvre du plaisir et des affaires que l'année s'achèverait au milieu des horreurs du siège aurait été taxé de folie. Et pourtant, c'était vrai : la France gémissait sous la botte de l'Allemand, et les rigueurs d'un hiver exceptionnellement froid ajoutaient encore aux souffrances de ses défenseurs.

— Les voyageurs pour Nantes, en voiture! Il n'y a plus personne pour la ligne de Cholet? répétaient les employés tout en jetant un dernier coup d'œil dans les compartiments restés ouverts.

Soudain, l'un d'eux poussa un cri :

— Oh! oh! qu'est-ce que cela? dit-il en reculant. Une femme ensanglantée..... Un crime, sans doute.....Les amis, venez par ici, vite, vite!

A cet appel, plusieurs hommes accoururent. Dans un compartiment de première, une femme, vêtue de noir, gisait affaissée entre les deux banquettes. Son chapeau, muni d'un long voile de crêpe, lui cachait le haut de la figure ; mais son menton et ses joues pâles étaient souillés de sang à demi coagulé. Dans un angle du wagon, un bel enfant, enveloppé d'un châle de laine blanche, dormait à poings fermés, la tête appuyée sur une couverture.

— Madame! Madame! Allez-vous à Cholet? Réveillez-vous. Le train va partir! cria un des employés.

Point de réponse.

— Tu vois bien, Michel, que cette particulière est morte, reprit le collègue ayant donné l'alarme. Elle a probablement été assassinée.....

— En tout cas, on ne peut pas la laisser sans secours.

— Qu'y a-t-il? demanda le chef de gare qui accourait vers le groupe.

Il fut mis promptement au courant de la situation, et, sur son ordre, Michel et Joseph descendirent avec précaution la voyageuse, toujours inanimée.

— Et le mioche, que faut-il en faire? dit le serre-frein.

— Amenez-le aussi avec les bagages, repartit le chef de gare. C'est sans doute l'enfant de cette pauvre femme.

Le transport fut vite opéré, car la locomotive reprit sa course vers la terre bretonne avec moins de dix minutes de retard.

Dans la gare, chacun s'empressait autour de l'étrangère. Son visage, découvert maintenant, était d'une pâleur cadavérique. Une opulente chevelure brune se dénouait sur ses épaules. Cette femme, d'une beauté réelle, paraissait jeune, vingt à vingt-cinq ans au plus. Elle ne portait aucune blessure apparente et, à première vue, les traces sanglantes sillonnant son visage devaient provenir d'un vomissement de sang. On lui faisait respirer du vinaigre en lui donnant tous les soins usités en cas d'évanouissement. Elle demeurait insensible.

— Elle est morte, c'est sûr, dit Michel au chef de gare.

— Non, son cœur bat encore, répliqua celui-ci. Allez chercher Vaubarel. On installera la mère et l'enfant à son hôtel. Puis, l'un de vous ira au bourg prévenir le médecin et le curé.

Pierre Vaubarel était le propriétaire de l'hôtel de la *Descente des voyageurs*, situé, pour ainsi dire, dans la cour de la gare.

Le jour terne et blafard de novembre commençait à poindre lorsque la malade fut introduite dans la salle basse occupant la moitié du rez-de-chaussée de l'hôtel. Prévenue par son mari, la maîtresse du logis s'était hâtée de descendre et d'allumer dans la vaste cheminée un bon feu devant lequel on déposa la voyageuse.

Mme Vaubarel était âgée de trente à trente-cinq ans. Son visage régulier exprimait la bonté et la franchise, mais dans ses yeux rougis on devinait la trace de larmes récentes.

Elle s'approcha de la malade et essaya, à son tour, de la rappeler à la vie. Soudain, un cri retentit à l'entrée de la salle, et la maîtresse d'hôtel se redressa comme mue par un ressort.

— Vas-tu te taire, espèce de moutard? dit Michel avec brusquerie. Il voulut déposer sur une chaise l'enfant qu'il apportait dans ses bras, mais Mme Vaubarel, s'élançant, le débarrassa de son fardeau et couvrit le baby de larmes et de baisers.

— Mon mignon, mon chéri, tais-toi! Non, personne ne te fera de mal, murmura-t-elle d'une voix entrecoupée.

— Qu'est-ce donc que cet enfant? demanda à son tour Pierre Vaubarel.

— Le fils de cette dame, très probablement, répondit le chef de gare. L'humanité nous oblige à secourir ces infortunés. Ayez-en bon soin. Avant une heure le médecin sera ici, et nous saurons à quoi nous en tenir. Au revoir!

Le chef de gare s'éloigna. L'hôtelier et sa femme demeurèrent seuls avec l'étrangère et son fils.

Absorbée dans une étrange contemplation, Mme Vaubarel continuait à caresser l'enfant sans s'occuper davantage de ce qui se passait autour d'elle. Son mari lui mit doucement la main sur le bras.

— Joséphine, dit-il, le petit est plus calme, maintenant, revenons à la mère.

Mais la maîtresse d'hôtel, montrant le baby, répondit avec des larmes dans la voix :

— Oh! Pierre! regarde-le donc! Il a ses cheveux blonds, son nez, son front!..... Ne dirait-on pas que la Providence nous a rendu notre ange envolé, notre pauvre petit Charles?

— Ma chère amie, à cet âge, tous les enfants se ressemblent, dit Pierre. D'ailleurs, je te le répète, en ce moment, la mère a plus besoin de soins que ce cher petit.

— Oui, c'est vrai, j'ai tort, reprit Mme Vaubarel, recouvrant son calme. Nous allons monter cette pauvre dame dans la chambre bleue. Hélas! je crois qu'elle n'y restera pas longtemps.

Une heure plus tard, le médecin de la Possonnière était au chevet de l'étrangère. De temps en temps, un mince filet de sang s'échappait de ses lèvres pâles, mais ses mâchoires crispées permettaient à peine l'introduction dans la bouche de quelques gouttes d'eau. Après un long et minutieux examen, le docteur se redressa en secouant la tête :

— Tous les soins seront inutiles, dit-il. Cette femme est perdue. Elle devait être atteinte d'une phtisie galopante, et le vomissement de sang de cette nuit a brisé chez elle les derniers ressorts de la vie.

— Mais va-t-elle du moins reprendre connaissance? demanda Mme Vaubarel.

— C'est peu probable. A tout hasard, posez-lui des sinapismes aux jambes. Aussitôt rentré chez moi, je vais vous envoyer une potion dont vous lui ferez prendre d'heure en heure une cuillerée.

Le médecin sortit. Dans la salle basse, il se croisa avec le curé de la paroisse.

— Ma présence est-elle nécessaire ici? lui demanda le vénérable ecclésiastique en lui serrant la main.

— Plus que la mienne, à coup sûr, Monsieur le Curé. Pour sauver cette pauvre femme, il faudrait un miracle.

La malade ne sortait pas de sa léthargie. Pourtant, aux douces exhortations du pasteur, il sembla qu'une lueur d'intelligence éclairât soudain ce regard sans expression. Une légère pression de la main pendante, inerte sur la couverture, donna au prêtre l'espoir que sa parole avait été comprise. Puis deux grosses larmes roulèrent sur les joues de la mourante, tandis qu'on lui administrait les suprêmes onctions. Le sang jaillit ensuite de ses lèvres crispées et elle demeura immobile.....

. . . .

Ce tragique événement avait mis en rumeur le paisible bourg de la Possonnière. Et, d'abord, comment établir l'identité de la malheureuse étrangère?

On ouvrit le sac de nuit et le petit sac à main trouvés auprès d'elle dans le wagon. Mais on n'y découvrit aucun renseignement utile.

La valise renfermait de la lingerie marquée des lettres M. S. Puis deux ou trois chemises de femme aux initiales V. S., que l'on voyait aussi gravées sur l'écusson du petit sac en cuir de Russie. Dans ce dernier colis, divers écrins contenant une parure or et brillants, une montre de femme, fond émail bleu avec le même chiffre V. S. en brillants, et, enfin, une petite boîte renfermant près de seize cents francs en pièces d'or et un billet de chemin de fer de Tours à Lyon.

Comment l'inconnue, partie la veille de Tours, se trouvait-elle ainsi à 5 heures du matin à la Possonnière, dans une direction diamétralement opposée à celle qu'elle aurait dû suivre? Mystère inexplicable!

L'hypothèse d'un assassinat, admise d'abord par les employés de la gare, devait être écartée puisqu'on n'avait pas dérobé à l'étrangère le sac contenant des valeurs aussi considérables.

Impossible d'obtenir aucun renseignement de l'enfant qui pouvait à peine articuler quelques syllabes inintelligibles. Le pauvre petit, d'ailleurs, avait trouvé dans Mme Vaubarel la plus vigilante et la plus dévouée des gardiennes. L'explication de ce fait était bien simple : la semaine précédente, l'unique enfant des propriétaires de l'hôtel de la *Descente des voyageurs*, magnifique baby de seize mois, avait été emporté en quelques heures par une attaque de croup. La soudaineté de la catastrophe avait fortement ébranlé le cerveau et les nerfs de la pauvre mère, et elle était encore sous l'influence de ce terrible choc quand l'arrivée imprévue du jeune fils de l'étrangère lui donna la sensation du retour de son petit Charles. Du moins, elle lui prodigua toutes les caresses, tous les soins maternels que, depuis huit longs jours, elle devait refouler au fond de son âme endolorie.

Aussi eut-elle un véritable mouvement de révolte lorsque, son enquête terminée, le maire de la Possonnière dit aux époux Vaubarel :

— Demain matin, nous ferons l'enterrement de cette femme, et, aussitôt après, j'irai conduire moi-même l'enfant à l'hospice d'Angers.

— Pierre, permettras-tu cela? s'écria l'hôtelière avec feu. Non, non, nous ne pouvons abandonner ainsi ce cher petit ange.

— Ma bonne Joséphine, je ferai ce que tu voudras, répliqua docilement Vaubarel. Mais cette adoption nous sera-t-elle permise?

— Sans doute, si l'enfant n'est pas réclamé par sa famille, répondit le maire ; mais, vous le comprenez, ce garçonnet a son père. Déjà, probablement, on s'étonne de sa disparition et de celle de sa mère. On fera des recherches, et, d'ici quelques jours, on vous le reprendra. Ce sera encore un nouveau chagrin pour vous.

— Eh bien! non, repartit Mme Vaubarel avec énergie. J'en ai le pressentiment, cet enfant est un orphelin. Sa mère était en grand deuil, du reste. Elle devait être veuve.

— A défaut du père, il y a les grands-parents, les oncles, les tantes.....

— Ils ne s'en préoccuperont pas, interrompit l'hôtelière. Et puis, après tout, s'il faut le rendre à sa famille..... tandis qu'aux enfants trouvés...... Oh! non, non! jamais je ne pourrai m'y résoudre!

Devant cette volonté aussi carrément exprimée, Pierre Vaubarel ne résista pas plus longtemps.

Le lendemain, l'étrangère dormait son dernier sommeil dans l'humble cimetière angevin, et son fils prenait définitivement la place et le nom du petit Charles Vaubarel.

II

DANS LA BROUSSE

Le colonel de Serquigny était l'un des plus braves officiers de l'armée française, en même temps que l'un des plus fermes et des plus bienveillants.

Nul ne connaissait aussi bien que lui tous les rouages de la vie militaire, son existence entière s'étant, pour ainsi dire, passée dans les camps. Il débutait dans la carrière à l'instant de la guerre de 1870, et, prisonnier dès Sedan, il avait enduré pendant de longs mois, en Allemagne, la plus rigoureuse captivité. Frappé par des chagrins intimes, il chercha une diversion à sa douleur en continuant son service dans l'armée coloniale. En Algérie, en Tunisie, sur les champs de bataille du Tonkin, il avait littéralement conquis tous ses grades à la pointe de l'épée. Son courage bien connu, sa longue expérience des colonies l'avaient tout naturellement classé parmi les premiers officiers désignés pour l'expédition de Madagascar en 1895.

Ah! certes, on avait grand besoin, au début de cette campagne, de chefs de la valeur de M. de Serquigny. Cependant, il ne réussissait pas toujours à préserver ses troupes des embûches de tout genre que leur réservait la grande île africaine. Ne fallait-il pas lutter à la fois contre les hommes et les éléments? Si l'on échappait aux coupe-choux des Fahavalos, il était peut-être plus difficile de triompher du climat meurtrier, des exhalaisons pestilentielles, anémiantes et enfiévrantes. Et, extrémité plus terrible encore pour le digne colonel, on ne pouvait affirmer que l'alimentation des soldats se ferait régulièrement et de façon à les préserver du supplice horrible de la faim.

On oublie vite en France. Mais elles furent grandes, les épreuves des premiers pionniers de l'occupation française! Placés au milieu de la brousse ou dans des villages peuplés d'indigènes hostiles, ils attendaient trop souvent en vain les colonnes chargées de leur apporter les provisions nécessaires à leur existence.

Grâce à l'énergie et à la sage prévoyance de son chef, le régiment du colonel de Serquigny était pourtant l'un des moins éprouvés. Son effectif se trouvant presque au complet après la prise de Tananarive, il fut désigné pour débarrasser la région du Sud d'un important groupe d'indigènes insurgés.

Dans les derniers jours du mois de juin 1896, le colonel avait organisé une battue entre Tananarive et Antsirabé. Sans souci du soleil de plomb contre lequel les abritait à peine le casque traditionnel, les soldats exploraient la brousse, se dirigeant vers un village où l'on avait signalé, la veille au soir, la présence d'un corps de Fahavalos.

Ces villages malgaches se composent presque toujours d'une dizaine de huttes bâties de la même façon et avec les mêmes éléments ; branches d'arbres solidement reliées entre elles par une sorte de mortier de terre, le tout recouvert d'une toiture en paille de riz. Il semble que les architectes de ces constructions primitives aient visé surtout à l'économie, car elles sont si basses qu'un homme de taille moyenne peut à peine s'y tenir debout.

Le luxe du mobilier est à l'avenant, quelques vases de terre et de la paille en abondance.

Mais, ce jour-là, un silence de mort régnait autour du colonel et de sa troupe. Le village était abandonné ; il n'y avait personne dans les huttes.

Le colonel fronça le sourcil.

— Oh! oh! dit-il, les oiseaux sont déjà dénichés. N'y aurait-il point une feinte sous ce calme apparent? Qu'en pensez-vous, lieutenant?

L'officier à qui s'adressait cette question était un grand jeune homme de vingt-six à vingt-huit ans, à la fine moustache brune, aux grands yeux bleus doux et rêveurs.

— Mon colonel, répondit-il, je suis absolument de votre avis. Si les Fahavalos étaient réellement partis vers le Sud, ils seraient déjà aux prises avec la compagnie du capitaine Dartigues qui les attend près d'Antsirabé, et nous aurions entendu la fusillade. Nous devons donc nous tenir sur nos gardes.

— A la bonne heure, Vaubarel, repartit le colonel avec satisfaction, voilà ce qui s'appelle raisonner. Maintenant, qu'avons-nous à faire, suivant vous?

Le lieutenant répondit sans hésiter :

— Je crois, mon colonel, que le but de ces moricauds est de nous entraîner dans la brousse. Cachés non loin d'ici, ils rentreront derrière nous au village pour nous couper la retraite. Donc, tout en lançant quelques hommes à titre d'éclaireurs, il faudrait laisser ici une force suffisante pour tenir les Fahavalos en respect.

— Parfaitement, nous sommes d'accord, reprit M. de Serquigny. Par exemple, nous allons prendre le temps de déjeuner. Il ne faut pas oublier que nous venons de fournir une marche de 15 à 18 kilomètres.

Le lieutenant plaça cinq ou six sentinelles autour des huttes et demeura lui-même à l'entrée du village, inspectant l'horizon d'un œil attentif. Pendant ce temps, le colonel s'installait dans la hutte principale et attaquait, de bon appétit, un déjeuner sommaire. Bientôt, un soldat sortit de sa hutte, transformée en tente d'état-major, et s'approchant du jeune officier :

— Mon lieutenant, dit-il, le colonel demande pourquoi vous ne venez pas déjeuner?

— Apportez-moi ma ration ici, répliqua le jeune chef. J'aperçois là-bas, à la lisière du bois, certains mouvements insolites que je tiens à surveiller.

— Lieutenant, criait au même instant une des sentinelles placées à une trentaine de mètres, vers le milieu du village, je suis sûr d'avoir vu là, en face, une lame reluire au soleil. Les moricauds sont dans le bois, c'est certain.

— Aux armes! cria le lieutenant avec force.

Il était temps. Une troupe nombreuse d'hommes complètement nus, sortant de la forêt, s'avançaient en bondissant et en poussant des cris bizarres.

Combien étaient-ils? 100, 200, peut-être plus. Le contraste était certainement étrange entre l'animation soudaine de ce coin de la brousse et le silence léthargique qui l'enveloppait quelques minutes auparavant.

Comme armes, ces hommes avaient le large coutelas que tous les indigènes manient avec une redoutable dextérité. Quelques-uns portaient des fusils dont ils s'étaient probablement emparés dans de précédents combats. D'autres étaient munis d'arcs et de flèches. Évidemment, les Fahavalos croyaient surprendre la petite troupe pendant sa halte. Les précautions prises par les deux officiers déjouaient en partie ce plan. Toutefois, le colonel de Serquigny, qui avait bondi hors de sa hutte dès la première alerte, ne put s'empêcher de froncer les sourcils.

— Ils sont trop! murmura-t-il à l'oreille du lieutenant.

— Bah! répliqua le jeune homme avec une belle crânerie, un Français vaut six de ces moricauds. D'ailleurs, le capitaine Dartigues ne doit pas être loin.

— Les voici à portée de nos balles. Ouvrons la danse, reprit M. de Serquigny.

Et, se retournant vers ses soldats :

— Que chacun vise son homme et feu partout! commanda-t-il

Le crépitement des balles se fit à peine entendre, dominé par les clameurs sauvages des indigènes. Quinze ou vingt hommes tombèrent.

Une nouvelle décharge en abattit encore une trentaine. Encouragés par ce succès, les Français poussèrent à leur tour des cris de triomphe.

Maintenant, les Fahavalos atteignaient le village et un véritable corps à corps s'engagea entre eux et les soldats français. Quelques-uns de ces derniers, disposés en tirailleurs derrière les huttes, sous la direction immédiate du colonel, causèrent d'énormes ravages dans les rangs des indigènes. Le lieutenant, en première ligne, tenait tête au gros de la troupe malgache, et, d'un vigoureux moulinet, il avait lui-même abattu plusieurs ennemis le serrant de trop près.

Soudain, au milieu du bruit de la lutte, son oreille crut distinguer dans le lointain la note éclatante d'un clairon.

— Courage! les enfants! voici Dartigues. Nous sommes sauvés! cria-t-il d'une voix retentissante.

Au même instant, derrière lui, se firent entendre de nouvelles clameurs.

Il se retourna.

La lutte entrait dans une nouvelle phase. Quelques Fahavalos avaient fait un circuit et, arrivant par l'autre extrémité du village, attaquaient par derrière le petit groupe de soldats rangés autour de M. de Serquigny.

— Ralliez-vous au colonel, les enfants! s'écria le lieutenant Vaubarel.

Et, le premier, il rentra dans l'unique voie formant une sorte de rue entre les deux rangées de huttes. En quelques bonds, il se trouva auprès de M. de Serquigny. Mais, derrière le lieutenant et ses soldats, les noirs arrivaient, rendus plus furieux encore par la résistance acharnée de la vaillante petite colonne.

Le combat se continuait donc à l'arme blanche, avec un égal acharnement de part et d'autre.

Un grand gaillard, bien découplé, se distinguait au premier rang des nègres, tant par son ardeur que par son incroyable agilité. Il se trouva tout à coup en face du colonel, qui, croisant le fer avec un autre ennemi, ne l'avait pas vu venir. De son coupe-chou déjà plein de sang, il s'apprêtait à trancher la tête de M. de Serquigny. Mais le lieutenant Vaubarel, par une habile parade, enfonça son épée dans le flanc du noir. Celui-ci se retourna chancelant pour faire face à ce nouvel agresseur. Mortellement atteint, il ne put lancer son coup avec la force nécessaire, mais le coutelas ne s'en abattit pas moins sur l'épaule du jeune lieutenant.

Cette scène s'était passée avec une telle rapidité que personne n'avait pu s'en rendre compte, lorsqu'une retentissante sonnerie de clairons et un cri poussé par cent poitrines dominèrent le tumulte :

— Vive la France!

C'était la compagnie du capitaine Dartigues qui accourait au secours du colonel.

L'arrivée de ce renfort changea la face des choses. Les Fahavalos s'enfuirent dans toutes les directions ; le soir, on constata qu'il y avait, du côté des indigènes, quatre-vingt-dix tués et une quarantaine de blessés.

Malheureusement, cette victoire, très réelle, puisque quarante hommes avaient tenu tête à deux ou trois cents Malgaches, coûtait cher aux Français. Dix soldats avaient été tués et une quinzaine d'autres avaient reçu des blessures assez graves.

Parmi ces derniers, se trouvait le lieutenant Vaubarel que deux soldats durent transporter évanoui dans une hutte. La première parole de M. de Serquigny en serrant la main du capitaine Dartignes fut celle-ci :

— Ah! capitaine, que n'êtes-vous arrivé dix minutes plus tôt? Nous n'aurions pas perdu ce pauvre Vaubarel.

— Grand Dieu! que m'apprenez-vous là? dit le capitaine consterné. Est-il donc mort?

— En me sauvant la vie, il a reçu une terrible blessure. Ah! si nous ne le conservons pas, je ne m'en consolerai jamais!

Les deux officiers se rendirent en hâte auprès du jeune lieutenant. Celui-ci venait de reprendre connaissance.

— Mon ami, mon pauvre enfant, où souffrez-vous? lui demanda le colonel avec effusion.

— Je ne sais pas, mon colonel ; au bras surtout, je crois, balbutia le blessé.

Déjà le capitaine Dartigues avait examiné la blessure, et, se redressant avec un soupir de soulagement :

— Dieu soit loué! nous n'avons qu'une belle égratignure. Dans quinze jours, il n'y paraîtra plus.

III

SUZANNE D'AVENEL

— Cocher, êtes-vous disponible?

— Oui, mon officier.

— Très bien. Chargez ces malles. Nous partons à l'instant.

Ce dialogue avait lieu entre un jeune lieutenant et le conducteur de l'un des nombreux fiacres stationnant dans la cour de la gare de Lyon, à Paris, à l'arrivée de l'express de Marseille.

Auprès du lieutenant se tenait un officier supérieur âgé de cinquante-cinq à soixante ans. Tous deux prirent place dans la voiture, tandis que le cocher hissait sur l'impériale quatre ou cinq lourds colis.

Les prévisions favorables du capitaine Dartigues au sujet du lieutenant Vaubarel ne s'étaient pas complètement réalisées. Sans doute, la blessure du jeune homme, plus large que profonde, se cicatrisa rapidement ; mais il demeura pendant plusieurs semaines dans un état fiévreux l'empêchant de reprendre le service actif. De son côté, le colonel de Serquigny, fatigué de cette rude campagne de deux ans, se décida à demander en même temps son rapatriement et un congé de convalescence pour son jeune sauveur.

Et voilà comment les deux officiers, débarqués la veille à Marseille, arrivaient à Paris par cette belle matinée de septembre.

— Où faut-il vous conduire, Messieurs? demanda le cocher.

— Boulevard Haussmann, 62, répondit M. de Serquigny.

La voiture partit au galop.

— Je suis surpris de n'avoir trouvé personne à la descente du train, reprit le colonel. Notre télégramme ne serait-il pas parvenu à son adresse?

— C'est moi-même qui l'ai expédié, hier soir, à M. Doutrebois.

— Oh! après tout, il n'y a pas lieu de se tourmenter de cette indifférence de mon beau-frère. Ces hommes de finance ont une étrange manière de comprendre les convenances sociales. Par bonheur, Louise a plus de tact.

— Mon colonel, dit le lieutenant avec un léger embarras, permettez-moi une question. N'est-il point indiscret de ma part d'imposer ma présence à M. et à Mme Doutrebois?

— C'est mal à vous de parler ainsi, Charles. Mon beau-frère et ma belle-sœur savent que je vous considère comme un membre de notre famille.

— Pardon, mon colonel. Mon observation ne m'a été inspirée que par votre réflexion au sujet de l'absence de M. Doutrebois.

— A vous parler franchement, je n'ai jamais beaucoup sympathisé avec mon beau-frère. Mais Mme Doutrebois, bonne et excellente créature s'il en fût jamais, a toujours joué, entre son mari et moi, le rôle de trait d'union. Je venais d'arriver à Madagascar, il y a deux ans, lorsque se décida le mariage de ma nièce Geneviève avec M. Georges d'Avenel. A cette occasion, la mère et la fille m'ont écrit des lettres charmantes. Mon beau-frère lui-même m'a fait une sorte d'amende honorable, et j'ai consenti à descendre chez lui à mon arrivée en France, en attendant que je m'organise définitivement.

— Alors vous ne connaissez pas M. d'Avenel? demanda le lieutenant.

— Non. C'est un fort galant homme, paraît-il. Du reste, nous allons le voir aujourd'hui. Le jeune ménage demeure dans la même maison que M. Doutrebois..... Et puis, j'oubliais..... Il y a aussi une jeune fille.....

— Une sœur de Mlle Doutrebois?

— Non ; c'est la sœur de Georges, Mlle Suzanne d'Avenel. L'année dernière, après la mort de sa mère, elle est venue demeurer avec son frère et sa belle-sœur Geneviève.

— Quel âge a cette demoiselle?

— Je ne sais pas au juste. Vingt ans, vingt-deux ans..... Vous en savez maintenant presque aussi long que moi sur toute la famille, lieutenant, et, sauf peut-être quelques bizarreries de caractère de M. Doutrebois auxquelles vous vous habituerez facilement, je suis convaincu que vous n'aurez qu'à vous louer de tout et de tous.

— Merci mille fois, mon colonel. Du reste, je n'abuserai pas longtemps de l'hospitalité que vous me procurez, car je sais avec quelle impatience ma mère m'attend.

— C'est vrai, je suis un peu égoïste en vous accaparant de la sorte, reprit M. de Serquigny avec un soupir.

— Vous êtes trop aimable, mon colonel. Dans deux ou trois jours, je pourrai gagner l'Anjou.....

— C'est bon! c'est bon! Nous reparlerons de cela, interrompit le colonel avec un mouvement d'impatience. Il faut bien d'ailleurs que vous fassiez diverses démarches au ministère.

Charles n'insista pas. Le colonel écartait maintenant toute allusion trop directe à la prochaine et inévitable séparation.

Le fiacre filait à bonne allure sur les grands boulevards. Le lieutenant était singulièrement intéressé par l'animation de la capitale. Aussi, lorsque la voiture s'arrêta devant un des plus beaux hôtels du boulevard Haussmann, ne put-il s'empêcher de s'écrier :

— Comment! déjà arrivés?

— Déjà, déjà..... répéta M. de Serquigny en mettant pied à terre. Une heure de voiture sans compter notre nuit en wagon! Je ne serai vraiment pas fâché, quant à moi, de m'arrêter un peu.

Il entra sous le porche et, s'adressant à la concierge :

— Monsieur Doutrebois?

— C'est ici, Monsieur ; mais M. et Mme Doutrebois sont à la campagne.

— Ah! par exemple, s'écria le colonel désappointé.

— C'est sans doute Monsieur qui a envoyé une dépêche hier soir, reprit vivement la concierge. Oh! Monsieur, ne vous tourmentez pas, on vous attend quand même.

Elle parlait encore lorsqu'une gracieuse jeune fille vêtue de noir entra à son tour sous le porche et se dirigea vers les voyageurs.

— Dieu merci, j'arrive à temps, dit-elle. Je ne sais vraiment, Messieurs, comment m'excuser d'un malentendu dont je suis très innocente.

Et comme le colonel et le lieutenant la regardaient stupéfaits :

— C'est bien à M. le colonel de Serquigny que j'ai l'honneur de parler? continua-t-elle.

— Oui, Mademoiselle, et voici mon jeune ami, le lieutenant Charles Vaubarel.

— Eh bien! permettez-moi de me présenter à mon tour moi-même, reprit la jeune fille en s'inclinant : Suzanne d'Avenel, la belle-sœur de votre nièce Geneviève.

— Ah! Mademoiselle, enchanté de faire votre connaissance, reprit le colonel absolument séduit par l'aisance et la distinction de son interlocutrice.

Elle était charmante, en effet, cette Suzanne d'Avenel, avec sa taille svelte, ses grands yeux noirs, son teint nacré, son opulente chevelure blonde retenue à grand'peine sous un chapeau de tulle noir et surtout son sourire plein de douceur et de sincérité.

— Nous allons, si vous le voulez bien, Messieurs, reprit Suzanne, monter, non pas au second, mais au troisième étage, chez mon frère.

Georges va rentrer d'ici un quart d'heure au plus et nous déjeunerons aussitôt.

— Mais comment se fait-il que M. et Mme Doutrebois soient absents? demanda le colonel.

— Ils doivent arriver ce soir avec Geneviève. On ne vous attendait à Paris que le 27 ou le 28, Messieurs.

— Nous avons eu une traversée exceptionnellement favorable, dit à son tour le lieutenant Vaubarel. Le paquebot est entré dans le port de Marseille hier matin, 24 septembre, et nous croyions bien faire en accourant aussitôt à Paris.

— Cette précipitation a, je le vois, dérangé vos plans, continua M. de Serquigny.

— Nullement, Monsieur, dit Suzanne. Une circonstance fortuite nous a amenés ce matin à Paris, mon frère et moi, pour assister aux obsèques d'une vieille amie de la famille. En arrivant, nous avons trouvé votre télégramme d'hier. Alors toutes nos dispositions sont prises pour que vous ne vous aperceviez pas trop de l'absence de M. et Mme Doutrebois. Aussitôt après l'office de Saint-Philippe du Roule, je suis accourue ici pour vous recevoir. Mon frère ne saurait tarder maintenant. J'espère, Messieurs, grâce à ces explications, avoir mérité un généreux pardon pour nous tous.

— Dites plutôt, Mademoiselle, qu'un bon génie a tout arrangé pour le mieux, répondit courtoisement le colonel.

Tout en causant, Mlle d'Avenel et les voyageurs avaient franchi les trois étages, et Suzanne les introduisit dans le salon. A peine les deux officiers prenaient-ils place sur les sièges indiqués par la jeune fille que le timbre de l'antichambre retentit de nouveau.

— C'est Georges! dit joyeusement Suzanne.

Un grand jeune homme blond, à la physionomie ouverte, à la mise irréprochable, entra. C'était, en effet, le maître du logis, M. d'Avenel. Les présentations s'effectuèrent vite de part et d'autre, et Georges exprima en fort bons termes à son oncle et au jeune lieutenant tout le plaisir qu'il éprouvait dans la circonstance à remplacer M. et Mme Doutrebois.

Presque aussitôt, Suzanne, qui s'était éclipsée à l'arrivée de son frère, reparut par une porte latérale et pria ces messieurs de passer dans la salle à manger.

Un déjeuner composé presque entièrement de mets froids attendait les quatre convives. Mais l'appétit des voyageurs et la bonne grâce des amphitryons suppléèrent largement aux légères défectuosités du service. D'ailleurs, lorsque M. et Mlle d'Avenel voulurent s'excuser, le colonel leur ferma la bouche par cet argument sans réplique :

— Vous oubliez que nous arrivons du bout du monde. Dans la brousse malgache, nous nous préoccupions plutôt de trouver quelque chose à nous mettre sous la dent que d'établir une distinction entre les desserts et les hors-d'œuvre.

Une fois sur ce terrain, la conversation s'engagea vive et animée. Georges d'Avenel interrogeait avidement les officiers sur les détails de leur campagne de Madagascar. On devinait en lui un esprit cultivé, un peu superficiel peut-être, mais accessible à toutes les idées généreuses, à tous les sentiments nobles.

Suzanne écoutait avec un vif intérêt les récits des voyageurs, se mêlant de temps en temps à la conversation par quelques remarques pleines d'à-propos.

Intimidé au premier instant, le lieutenant Vaubarel déployait une verve dont M. de Serquigny lui-même ne l'eût pas cru capable.

Ce fut cependant Charles qui, le premier, en entendant sonner 3 heures, se leva un peu confus.

— En vérité, dit-il, nous nous oublions. Aurons-nous seulement le temps d'aller au ministère ce soir?

— Non, vraiment, répliqua M. de Serquigny. Nous avons bien mérité quelques heures de repos et nous ne commencerons nos courses que demain.

— D'ailleurs, reprit Suzanne, Geneviève et ses parents arrivent à 5 heures. Il faut les attendre pour votre installation définitive.

— Passons au salon. Suzanne, tu vas nous faire un peu de musique, dit M. d'Avenel.

— Oh! Georges! tu oublies que depuis notre deuil je n'ai pas ouvert mon piano. Je dois être horriblement rouillée.

— Bah! ces messieurs seront indulgents. Mais, d'abord, aimez-vous la musique?

M. d'Avenel s'adressait aux deux officiers, mais son regard se portait surtout sur Charles Vaubarel, qui répondit gaiement :

— Je l'adore, mon cher Monsieur, mais je n'ai guère eu le temps d'en faire, depuis deux ans surtout.

— Ne le croyez pas, interrompit vivement M. de Serquigny. Il a une voix magnifique que nous admirions tous à Tananarive.

— Oh! colonel, protesta le lieutenant.

— Venez, venez, dit Georges en l'entraînant. Nous allons vous mettre à l'épreuve.

Déjà Suzanne cherchait ses partitions, et bientôt le colonel put jouir d'un véritable concert improvisé. Georges d'Avenel possédait une belle voix de baryton, et le lieutenant Vaubarel un agréable et flexible organe de ténor léger. Mlle d'Avenel avait un réel talent d'accompagnatrice, et, sur les instances de son frère, elle dut, à deux ou trois reprises, mêler sa voix fraîche à celles des jeunes gens pour interpréter les morceaux les plus remarquables des grands opéras.

Le colonel, ravi, les écoutait tous avec complaisance, et, à un certain moment où Suzanne et Charles Vaubarel chantaient ensemble un duo, une idée folle lui traversa l'esprit.

— Quel joli couple! se dit-il involontairement.

Ses sourcils se froncèrent comme sous l'empire d'une idée importune ; puis, tout à coup, se rassérénant :

— Après tout, pourquoi pas? murmura-t-il.

Ni les chanteurs ni M. d'Avenel, absorbés par l'exécution du duo, n'entendirent sa réflexion. D'ailleurs, auraient-ils pu en comprendre le sens?

IV

LES PLANS DE JAMES

M. Elie Doutrebois était assis à son bureau, dans son cabinet de travail, au siège de la maison de banque, boulevard Haussmann, 62.

C'était un homme de cinquante-cinq ans, paraissant déjà septuagénaire. Ses yeux, enfoncés dans leurs orbites, jetaient un étrange éclat et semblaient chercher toujours un ennemi invisible. Souvent aussi des rides profondes se creusaient sur son front.

Pourtant, que pouvait-il lui manquer? Il avait une compagne d'une douceur angélique. Sa fille Geneviève passait pour l'une des plus jolies femmes de Paris, et elle avait fait un mariage lui apportant, avec une particule, une fortune suffisante pour tenir un rang des plus honorables.

Au point de vue des affaires, la maison Doutrebois et Furster occupait une haute situation sur la place de Paris, et ses directeurs jouissaient d'un crédit illimité.

Pourquoi donc Elie Doutrebois était-il ainsi toujours sombre et préoccupé?

Un léger coup frappé à la porte du cabinet le tira de sa rêverie.

— Entrez, dit-il en relevant la tête. Ah! c'est vous, Furster. Qu'y a-t-il encore?

— On dirait vraiment que ma présence vous importune, répliqua le nouveau venu.

— Moi? nullement. Je vous croyais à Dieppe.

— J'en arrive ce matin même.

— Ah! vous n'avez pas cru devoir attendre la liquidation?

— Non. J'ai combiné une opération sur les fonds russes qui nous donnera cinquante mille francs de bénéfices. Mais il faut agir vite. Je viens chercher trente mille francs.

— Nous ne les avons pas en caisse.

— Vous allez me donner un chèque pour la Banque de France.

— Vous êtes toujours le même, James Furster. Avec votre manie des jeux de Bourse, combien nous avez-vous englouti d'argent?

— Ingrat! vous ne voulez vous souvenir que des pertes.

— Je le maintiens, ces combinaisons hasardeuses s'équilibrent chaque année par des déficits énormes, reprit encore M. Doutrebois.

James Furster frappa du pied.

— Assez de sermons! s'écria-t-il. Vous savez que je les déteste. Il me faut ces trente mille francs.

Une expression de colère sauvage crispait les traits de cet homme. Agé d'une cinquantaine d'années, une calvitie précoce avait découvert son crâne et une barbiche rousse lui cachait le bas de la figure.

Sous la violence de l'attaque, Elie Doutrebois regimba.

— Eh bien! non, dit-il. Je refuse. Depuis le commencement de l'année, vos spéculations nous ont coûté cent quinze mille francs. C'est assez, c'est trop.....

— Et quand cela serait? interrompit James Furster. Avez-vous le droit de me faire des reproches, vous qui, grâce à mes bons offices, avez touché un héritage inespéré de plus d'un million.

Cette simple phrase produisit sur M. Doutrebois l'effet d'un coup de foudre.

— Oh! dit-il avec désespoir, toujours, toujours ce reproche!..... N'est-ce donc pas assez de la comédie que, depuis plus de vingt-cinq ans, je joue vis-à-vis de ma femme et de mon entourage?.....

— C'est votre faute. Pourquoi opposez-vous constamment une fin de non-recevoir à mes demandes les plus légitimes? Quant à votre rôle, permettez-moi, mon cher associé, de vous faire remarquer que, depuis vingt-cinq ans, il consiste surtout à empocher les revenus de la terre de Fresnières et des autres valeurs dépendant de la succession de Mme de Serquigny.

— En suis-je plus riche? dit amèrement M. Doutrebois. Vous, pendant ce temps, vous accaparez tous les bénéfices de la banque.

— Dame, mon cher, toute peine mérite salaire, répliqua James Furster. J'ai joué gros jeu dans cette aventure, et vous, vous n'avez jamais couru aucun risque.

— C'est vrai. Mais quel supplice cruel ai-je enduré encore lorsque je me suis retrouvé en présence du loyal soldat dont l'existence a été brisée.....

— Depuis le temps, M. de Serquigny doit commencer à s'habituer, dit philosophiquement M. Furster en roulant une cigarette.

— Détrompez-vous. Le colonel est ici depuis deux jours. Hier soir, il nous parlait encore des joies de son mariage, de son enfant à peine âgé d'un an quand il partit pour l'Est. Ma femme et Geneviève elle-même pleuraient en l'écoutant, et moi, je n'osais prononcer une parole.

— Vous êtes un poltron. Pourquoi, d'ailleurs, avez-vous renoué avec votre beau-frère? Vous vous étiez brouillés à l'instant du règlement de la succession. Il fallait en rester là.

— Ah! je l'eusse, certes, bien préféré.

— Et allez-vous garder longtemps à votre foyer cet inconsolable veuf? demanda M. Furster toujours railleur.

— Le temps de faire liquider sa pension de retraite. Sa fortune est très modeste, vous savez.

— Se fixera-t-il à Paris?

— Je ne le pense pas. Il a ramené de Madagascar un jeune lieutenant qui lui a sauvé la vie et il choisira probablement comme résidence la ville où son protégé ira prendre garnison.

— Je souhaite pour vous que ce soit à Perpignan ou à Toulon, reprit M. Furster en se levant. Plus il ira loin, mieux cela vaudra. Mais je perds mon temps. Vite, mon chèque.

— Vous tenez toujours à toucher ces trente mille francs?

— Certainement. De grâce, ne recommencez pas vos jérémiades.

Elie Doutrebois avait probablement épuisé toute sa provision d'énergie, car, poussant un profond soupir, il prit un carnet de chèques et en déchira un feuillet qu'il remit à son associé.

— Voilà, James, dit-il. Mais, je vous en supplie, soyez prudent. Les positions les mieux assises ne sauraient résister à des assauts multipliés.

M. Furster, pliant méthodiquement le précieux feuillet, le glissa dans son portefeuille. Puis, s'accoudant sur le bureau :

— A propos, dit-il, j'allais oublier l'essentiel. Avez-vous réfléchi à mes ouvertures de la semaine dernière?

— Je ne comprends pas..... balbutia le banquier.

— Vous me comprenez très bien, au contraire, risposta Furster. Mon neveu Moïse s'est épris de Mlle d'Avenel.

— Et qu'y puis-je faire? Je ne suis pas le tuteur de Suzanne.

— Sans doute, mais vous pouvez exercer une influence directe sur votre gendre.

— Georges me rirait au nez si je lui faisais une semblable ouverture.

— Qu'avez-vous donc à reprocher à mon neveu?

— D'abord, Suzanne d'Avenel est très pieuse. Elle ne consentira jamais à épouser un Israélite.

— Qu'à cela ne tienne. Moïse embrassera le christianisme, et la jeune demoiselle aura la gloire d'avoir ramené une brebis dans le giron de l'Eglise catholique.

— Quoi! Vous vous prêteriez à cette odieuse comédie?

— Allons! encore des grands mots! Vous devenez décidément bien scrupuleux.

Et un éclat de rire ponctua la dernière phrase de James Furster. Elie Doutrebois, cette fois, se révolta.

— Inutile d'insister davantage, dit-il d'un ton sec. Suzanne d'Avenel est belle, noble et riche. Je suis absolument certain que votre neveu serait éconduit. Je ne tenterai donc aucune démarche en sa faveur.

— C'est votre dernier mot?

— Oui.

— Eh bien! Si ce mariage ne s'accomplit pas, malheur à vous!

— Ah! mais, à la fin, je me moque de vos menaces, s'écria Elie Doutrebois, furieux. Demain, ce soir même, je fais prononcer la dissolution de notre association, et je me débarrasse du joug odieux que vous m'infligez.

— Soit. Commencez les hostilités. Trois jours plus tard, toute la vérité sera connue.

— La vérité..... Vous seul, alors, supporteriez le poids de vos imprudentes révélations.

— Oh! repartit Furster avec une amère ironie, vous me croyez par trop naïf ; mais le jour où le véritable héritier de Fresnières serait découvert, que deviendriez-vous?

— L'héritier de Fresnières..... que..... que..... voulez-vous dire? balbutia le banquier.

— Ah! vous tremblez maintenant.....

— Mais enfin, Mme de Serquigny est morte. Vous me l'avez assuré cent fois.....

— Et son fils? demanda Furster d'une voix sifflante.

— Mais..... mort aussi. Vous me l'avez toujours dit.

— Eh bien! sur ce point, je vous ai trompé. Cet enfant existe.

M. Doutrebois poussa un cri rauque.

— Cet enfant vit! s'écria-t-il. Où est-il?

— C'est mon secret, répondit froidement Furster.

— Ainsi, Maurice est vivant, répétait Elie Doutrebois, poursuivant sa pensée intime. Si le colonel, si Louise savaient cela!

— En vérité, mon cher, il ne faut rien exagérer, repartit M. Furster. Supposons que vous me mettiez dans la nécessité d'agir contre vous. Je commence par aller trouver l'enfant perdu et par lui faire consentir l'abandon en ma faveur de la moitié ou des trois quarts de la fortune dont je lui procure la restitution. Puis, l'acte une fois régularisé, je prends l'orphelin par la main et je l'amène à son père et à sa noble famille. Reconnaissance touchante. Le colonel, la tante, voire même les cousins et les cousines tombent à mes genoux, et vous-même, cher et digne ami, vous serez forcé de chanter mes louanges comme les autres. Il n'y aura qu'un petit revers à la médaille : c'est le règlement des comptes. Mais il faudra bien que l'héritage de Mme de Serquigny revienne aux mains de son légitime propriétaire, et alors je pourrai vivre tranquille, ayant ainsi assuré le pain de mes vieux jours.

Maintenant, James Furster se frottait les mains et lançait un regard narquois sur le banquier.

— Que dites-vous de ma petite *combinazione ?* reprit-il après un instant de silence.

— Démon! murmura Elie Doutrebois d'une voix sourde.

— A présent, nous marcherons d'accord, poursuivit l'impitoyable Furster. Il sera beaucoup plus avantageux pour vous que je prenne pour base de mes opérations futures les cinq cent mille francs de dot de Mlle Suzanne d'Avenel que de vous dépouiller de Fresnières et autres accessoires dont vous jouissez paisiblement depuis si longtemps.

— Mais je n'ai aucune autorité, aucun moyen d'action sur Mlle d'Avenel.

— Eh! mon cher, si la chose était trop facile, vous n'y auriez vraiment aucun mérite. Avec votre rare intelligence, vous trouverez le biais.

— Mais non, je vous assure..... protesta le banquier.

— Ecoutez, vous prendrez votre temps. Pourvu que le mariage se fasse dans les premiers mois de l'année prochaine, nous n'en demandons pas davantage.

— Pas plus à cette époque qu'aujourd'hui.

— Si vous ne prépariez pas les voies d'ici là, évidemment nous ne réussirions pas..... Du reste, ne devez-vous pas retourner prochainement à Fresnières?

— Oui ; l'arrivée du colonel a été l'unique motif du voyage de Mme Doutrebois et de Geneviève à Paris. Dans trois jours, nous repartons tous ensemble pour les vendanges.

— Eh bien! vers le 15 octobre, vous recevrez à Fresnières ma visite et celle de mon neveu.

M. Doutrebois sursauta sur son siège.

— Vous voulez venir à Fresnières, vous? dit-il avec effroi.

— Sans doute. Il faut bien que les futurs époux fassent connaissance.

— Si nous étions seuls, peut-être ; mais M. de Serquigny sera avec nous. Nous attendons aussi des amis personnels de Georges.....

— Qu'importe! Il s'agit d'une simple entrevue préparatoire, après laquelle nous adresserons une demande à votre gendre. A ce moment, vous entrez en scène pour appuyer la candidature de Moïse.

— Furster, Furster! Tout cela finira mal.

— Pour vous surtout, si nous perdons la bataille, repartit James avec vivacité. A vous de nous assurer la victoire. Donc, à bientôt!

Et, sans attendre la réponse de son associé, James Furster sortit du cabinet.

Quand la porte se fut refermée, le banquier leva les mains au ciel.

— Oh! s'exclama-t-il avec un véritable accès de désespoir, pourquoi ai-je cédé aux suggestions de ce misérable?

V

DÉDAINS DE GENEVIÈVE

Le domaine de Fresnières, situé sur les bords de la Loire, à 10 kilomètres de Tours, appartenait, depuis un temps immémorial, aux ancêtres de Mme Doutrebois. Sa situation et le confortable du château et de la réserve en faisaient l'une des résidences les plus agréables de la contrée.

L'automne, en cette année 1896, semblait vouloir s'emparer de tous les droits de l'été. Le soleil embrasait de ses chauds rayons les collines couvertes de pampres jaunissants. La joie débordait, pour ainsi dire, de ce sol béni si bien dénommé le jardin de la France.

Assis à l'ombre, sur une large terrasse dominant le jardin anglais, le colonel de Serquigny devisait paisiblement avec M. et Mme Doutrebois.

Cette dernière s'occupait à un travail de tapisserie. C'était une femme d'une cinquantaine d'années, dont les traits indiquaient surtout une de ces natures passives se courbant sous l'orage sans essayer de faire face au danger. Aux rides profondes de son front, au regard morne de ses yeux bleu clair, on devinait que des chagrins cachés avaient dû ruiner l'existence de cette frêle créature. En ce moment, elle continuait la conversation commencée avec M. de Serquigny.

— Ne le niez pas, Paul, disait-elle, vous trouviez le temps long en l'absence du lieutenant Vaubarel, et vous êtes enchanté de le voir arriver.

— Je n'ai aucune raison de ne pas l'avouer, ma chère Louise, répliqua le colonel. Je suis profondément attaché à Charles. Cela n'est pas surprenant. Il a failli se faire tuer pour me sauver la vie.

— Et ses qualités personnelles seules suffiraient même à lui attirer la sympathie de tous, reprit Mme Doutrebois. N'êtes-vous point de cet avis, Elie? continua-t-elle en s'adressant à son mari.

Ainsi interpellé, le banquier se redressa brusquement. Depuis son arrivée à Fresnières, il était plus que jamais absorbé par de sombres rêveries. Seul, James Furster aurait pu en faire connaître la véritable cause.

— De qui parliez-vous, Louise? Je songeais à autre chose, dit Elie en secouant la tête.

— C'est assez votre habitude, répliqua Mme Doutrebois en riant. Je vous demandais ce que vous pensiez du lieutenant Vaubarel.

— C'est un charmant garçon. Avec la protection du colonel, son avenir est assuré.

— Dame! Je l'ai chaudement recommandé, reprit M. de Serquigny ; c'est un sujet d'une grande valeur, et il nous faudrait beaucoup d'officiers comme lui. Enfin, j'espère bien qu'à la fin de l'année il décrochera en même temps la seconde épaulette et la croix de la Légion d'honneur.

— A son âge, il n'aura vraiment pas lieu de se plaindre, dit M. Doutrebois. Va-t-il nous rester quelque temps à Fresnières?

Cette question était posée d'un ton un peu énigmatique. Le colonel regarda son beau-frère avec étonnement, mais Mme Doutrebois se hâta d'intervenir.

— Certainement, certainement, dit-elle. Les amis de Georges, MM. de Verneuil et de Chastenay, arriveront à la fin de la semaine prochaine, et je veux que M. Vaubarel se rencontre avec eux.

— Nous aurons aussi d'autres visiteurs, reprit Elie, dissimulant mal son embarras.

— Ah! qui donc?

— James Furster va venir prochainement, avec son neveu, nous voir à Fresnières.

Mme Doutrebois eut un geste de surprise.

— Furster à Fresnières? dit-elle. Il n'y est jamais venu.

— Il y a commencement à tout, ma chère, repartit le banquier. Il est même assez étrange que mon associé ait attendu trente ans pour visiter cette terre où nous passons toutes nos vacances. Par exemple, je me demande aussi pourquoi vous ne l'avez jamais invité.

— Je vois très rarement M. Furster, vous le savez bien. Dès lors, si vous désiriez le recevoir, il fallait l'inviter vous-même.

— Je savais que vous le détestiez.

— Il ne m'inspire guère de sympathie, cela est vrai, mais je ne crois pas lui avoir donné sujet de s'en apercevoir.

Le colonel restait muet. Cette discussion lui était désagréable. Sa belle-sœur, désireuse d'y mettre fin, se retourna vers lui.

— Vous avez connu M. Furster, autrefois? dit-elle.

— Je ne l'ai vu qu'une seule fois chez vous, en juillet 1870, lorsque j'allais rejoindre mon régiment à Reims.

Un soupir acheva sa phrase. Puis il y eut un pénible silence que Mme Doutrebois rompit de nouveau la première.

— Quel âge a le neveu de M. Furster? demanda-t-elle à son mari.

— Vingt-cinq ans, répondit le banquier. Il est associé dans un cabinet d'agent de change et fait des affaires merveilleuses. Ah! la femme qui l'épousera pourra se dire parmi les privilégiées du sort.

Le colonel et Mme Doutrebois n'eurent pas le temps de traduire leurs réflexions, car une carriole anglaise franchissait en ce moment la grille d'entrée, et M. d'Avenel et le lieutenant Vaubarel, sautant lestement à terre, s'avançaient vers les maîtres du logis.

— Combien nous vous remercions, lieutenant, d'avoir tenu votre promesse, dit gracieusement Mme Doutrebois.

— Ne devons-nous pas reporter une partie de notre gratitude à Mme Vaubarel? demanda M. de Serquigny. C'est elle qui est la plus sacrifiée dans l'occurrence.

— Je vous remercie, mon colonel, répondit Charles; ma mère avait le cœur un peu gros quand je l'ai quittée à midi. Mais enfin, comme il ne s'agit que d'une absence de quelques jours, elle s'est montrée très raisonnable.

— Geneviève et Suzanne ne sont pas encore rentrées? disait en même temps Georges d'Avenel à sa belle-mère.

— Mon ami, les voici au bout du jardin, répondit Mme Doutrebois.

Les deux belles-sœurs, en effet, s'approchèrent à leur tour des visiteurs.

Geneviève d'Avenel, âgée de vingt-cinq à vingt-six ans, n'avait pas la beauté délicate de Suzanne. Cependant, grande et mince, avec ses traits réguliers et ses cheveux blonds gracieusement relevés sur le sommet de la tête, elle n'était point dépourvue de charme, mais l'expression de son visage reflétait une sorte de hauteur dédaigneuse. Elle se montra aimable vis-à-vis du jeune lieutenant, tout en conservant un certain petit air de protection. Peut-être cette attitude lui était-elle inspirée par le désir de plaire à son père qui, à l'égard de ses hôtes, ne dépassait pas les bornes de la plus stricte politesse.

En revanche, Mme Doutrebois, Georges d'Avenel et sa sœur les entouraient de prévenances. Avec eux, Charles Vaubarel sentit bientôt se dissiper toutes les craintes qu'il exprimait au colonel lors de son arrivée à Paris.

Que lui importaient, d'ailleurs, la politesse dédaigneuse de Mme d'Avenel, la maussaderie mal dissimulée d'Elie Doutrebois, en comparaison de la franche sympathie à lui témoignée par Georges, et surtout, surtout, du doux rayonnement que Suzanne répandait autour d'elle? Elle n'était point coquette, cependant, cette charmante jeune fille. Son caractère enjoué et primesautier n'excluait point une réserve de bon ton unie à une délicatesse exquise de sentiment. Plus sérieuse que la plupart des jeunes filles de son âge et de son monde, elle abordait volontiers de graves sujets de conversation, et ses appréciations dénotaient à la fois un esprit cultivé et une rectitude de jugement peu commune.

A la campagne, les relations journalières permettant certaines familiarités, bientôt les promenades dans les environs, les parties de crocket et de lawn-tennis eurent raison de la froideur de Geneviève elle-même.

Le colonel de Serquigny s'aperçut de ce changement. Peut-être même s'en exagéra-t-il l'importance, car il crut pouvoir jeter les bases du château en Espagne qu'il bâtissait dans ses rêves d'avenir en faveur de son jeune protégé.

Dix jours s'étaient écoulés depuis l'arrivée de Charles, et celui-ci ne parlait pas de reprendre le chemin de l'Anjou. Une seule fois, ayant fait allusion à son prochain départ, Georges d'Avenel lui avait déclaré qu'il tenait à le présenter à deux de ses amis attendus de jour en jour à Fresnières.

Pour le moment, l'officier s'absorbait tout entier dans les savantes combinaisons d'une partie de crocket engagée entre Georges et Suzanne. Geneviève, un peu souffrante, avait refusé d'y prendre part et s'était installée, avec sa broderie, auprès du colonel. Le matin même, M. Doutrebois avait dû se rendre à Paris pour quelques jours, et Mme Doutrebois l'avait accompagné jusqu'à Tours où l'appelaient diverses courses.

Par la fenêtre ouverte, M. de Serquigny regardait les joueurs, et un joyeux éclat de rire de Suzanne parvint jusqu'à son oreille.

— Quel charmant caractère que celui de Mlle d'Avenel! dit-il à Geneviève. Vous devez être heureuse de l'avoir auprès de vous.

— Sans doute, répliqua Mme d'Avenel. Pourtant, nous ne pouvons pas espérer la conserver longtemps à notre foyer.

— Les prétendants ne lui manqueront pas, mais il faudra bien choisir.

— Oui, mon oncle, d'autant plus que Suzanne a le droit d'être exigeante.

— Vous avez parfaitement raison, Geneviève. Avec une nature d'élite comme la sienne, elle souffrirait trop si elle ne rencontrait pas dans un époux les qualités de cœur et d'esprit indispensables.

— A qui le dites-vous, mon oncle? Par suite de la mort de ma belle-mère, nous avons là une lourde responsabilité.

— C'est une mission très délicate, j'en conviens ; pourtant, il n'est pas impossible de trouver un parti réunissant toutes les conditions désirables.

— Pour l'instant, je n'en connais pas dans toutes nos relations, repartit Mme d'Avenel.

— Eh! mais, qui sait?..... Cela peut surgir d'un instant à l'autre, dit le colonel avec hésitation. Ainsi, tenez..... ne dirait-on pas que ces deux enfants sont faits l'un pour l'autre? Regardez vous-même.

Et il désignait le lieutenant Vaubarel et Suzanne qui, l'un à côté de l'autre, contemplaient Georges d'Avenel accomplissant toute une série de coups d'adresse. Geneviève se leva, s'avança près de la fenêtre, et poussant un éclat de rire railleur :

— Comment! mon oncle, voulez-vous parler du lieutenant Vaubarel? Ah! ah! ah!.....

— Mais, sans doute..... Que voyez-vous là de si risible? dit le colonel interloqué.

— Enfin, vous ne parlez pas sérieusement.

— Et pourquoi cela, je vous prie, ma nièce? Charles n'a pas de fortune, c'est vrai, mais sa carrière militaire s'annonce sous les plus heureux auspices, et ses qualités personnelles.....

— Comment! Suzanne d'Avenel, avec sa fortune et son nom, épouserait un petit lieutenant dont les parents tenaient une auberge de troisième ordre? Mais elle bondirait de surprise et d'indignation devant une telle proposition.

— Je ne suis pas de votre avis, riposta M. de Serquigny, piqué au vif. Mlle d'Avenel a trop de cœur et d'esprit pour ne pas se trouver honorée de la recherche d'un prétendant tel que le lieutenant Vaubarel.

— L'auriez-vous déjà pressentie à ce sujet? reprit Geneviève avec inquiétude.

— Vraiment non ; de quel droit l'aurais-je fait? J'ignore complètement si Charles serait disposé à marcher dans cette voie.

— Très probablement serait-il enchanté de vous suivre sur ce terrain, répondit Mme d'Avenel avec un rire sarcastique. Par exemple, si vous voulez épargner des déceptions à votre protégé, je vous conseille, mon cher oncle, de faire machine en arrière. Suzanne a, il est vrai, parfois des idées assez excentriques, mais je vous affirme que ni Georges ni moi ne consentirions à un pareil mariage. Nous avons sous la main un prétendant riche et titré. Ces deux points nous feront passer sur beaucoup d'autres considérations.

Tout cela était dit d'un ton n'admettant pas de réplique. Très froissé pour son protégé aussi bien que pour lui-même, furieux d'avoir compromis, par une démarche intempestive, la réalisation de son beau rêve, M. de Serquigny, tout en jugeant prudent de battre en retraite, dissimulait mal sa mauvaise humeur.

— Inutile d'insister, Geneviève, dit-il sèchement. Je vous le répète, Vaubarel serait, sans doute, fort mécontent s'il savait que je me mêle ainsi de son avenir. Quand il voudra prendre femme, il n'aura que l'embarras du choix, soyez-en sûre.

— Je lui souhaite bon succès de tout mon cœur, et, comme vous, je suis persuadée qu'il trouvera facilement, le moment venu, une compagne de son rang, repartit Mme d'Avenel.

Cette nouvelle allusion perfide aurait sans doute attiré une verte réplique si Georges, Suzanne et le lieutenant, qui avaient achevé leur partie, n'eussent fait irruption dans le salon. Quelques minutes plus tard, Mme Doutrebois arrivait à son tour, et la soirée s'acheva sans que personne devinât le différend venant d'éclater inopinément entre le colonel et sa nièce.

VI

Le cercle des habitants du château de Fresnières s'était accru de deux nouveaux personnages, MM. Ulric de Verneuil et Gaston de Chastenay, amis de collège de Georges d'Avenel.

Ce fut, en somme, une heureuse diversion, car, absorbée par ses obligations de maîtresse de maison, Geneviève ne put faire sentir au lieutenant le contre-coup de sa mauvaise humeur.

Suzanne ne paraissait guère satisfaite de ce changement. Les amis de son frère réalisaient admirablement le type de ces jeunes sportsmen qui ne daignent même pas s'occuper de la signification du mot devoir. Sans doute, ces riches oisifs savent, à l'occasion, s'indigner des turpitudes de leur entourage ; mais ils ne s'aperçoivent pas que leur indifférence pour toutes les questions d'ordre supérieur, leur apathie, leur paresse sont les plus actifs agents de dissolution des forces vives de la société.

Georges d'Avenel avait, hélas! sa part de cette maladie contemporaine. Pourtant, avec sa nature généreuse et loyale, il s'attachait volontiers aux grands problèmes sociaux et aurait compris la nécessité de chercher à les résoudre. Par malheur, Geneviève ne l'encourageait guère dans cette voie. Il n'en allait pas ainsi pour Suzanne. Elle jugea immédiatement les deux nouveaux visiteurs de Fresnières et ne put s'empêcher de comparer la conversation variée et spirituelle du lieutenant Vaubarel avec les fades propos de MM. de Chastenay et de Verneuil.

Ce dernier avait amené son automobile, et, à l'instigation de Mme d'Avenel, on organisa plusieurs excursions. Langeais, Chenonceaux et diverses autres localités des environs reçurent la visite de nos touristes. Mais M. de Serquigny, après une ou deux de ces promenades, déclara vouloir rester à tenir compagnie à la maîtresse du logis.

Le lendemain du jour où le colonel avait annoncé cette résolution, il se trouvait dans le petit salon avec Mme Doutrebois, quand, à leur grande surprise, Suzanne vint les rejoindre en simple toilette d'intérieur.

— Comment, chère petite, vous voilà ici? dit la femme du banquier surprise. Je vous croyais partie avec Geneviève et ces messieurs.

— Non, chère Madame. A l'exemple du colonel, j'ai demandé grâce pour aujourd'hui. J'avais besoin de repos.

— Mais vous n'êtes pas malade, au moins? dit M. de Serquigny.

— En aucune façon, colonel, seulement.....

Elle s'arrêta, hésitante.

— Seulement?..... répéta Mme Doutrebois inquiète. Parlez franchement, ma petite Suzanne. Avez-vous eu quelque contrariété?

— Non, Madame. Mais, pour dire la vérité, je me suis ennuyée à mort pendant la promenade d'hier.

— Oh! oh! Mademoiselle, cela n'est guère aimable pour vos compagnons de route, dit M. de Serquigny en riant.

— Voyons, colonel, j'en appelle à votre témoignage. J'étais assise entre M. de Verneuil et M. de Chastenay, et, placé comme vous l'étiez en face de moi, vous avez pu écouter toute notre conversation. Croyez-vous qu'il soit bien intéressant d'entendre discuter pendant trois heures d'horloge les mérites respectifs de la jument Saïda, du jockey Powell, de l'outsider Néron..... Que sais-je? Heureusement, je n'ai pas tout à fait oublié l'anglais que l'on m'a appris au couvent. Sans cela, je n'aurais même pas compris la moitié des phrases de ces messieurs.

— C'est l'argot du turf! reprit le colonel en riant. Que voulez-vous? Il faut de la patience en ce bas monde. M. de Verneuil, et surtout M. de Chastenay sont de bons petits jeunes gens, animés des meilleures intentions. Par exemple, si la France ne comptait que sur eux pour travailler au rétablissement de l'harmonie sociale!.....

La même pensée vint, sans doute, à l'esprit de Mme Doutrebois, car elle dit à Suzanne :

— L'un de ces messieurs doit se marier prochainement, je crois?

— Oui, M. de Verneuil épouse, à la fin de novembre, Mlle de Lancry, de Versailles.

— Vous allez être invitée au mariage?

— Hélas! c'est déjà fait, répondit Mlle d'Avenel avec un gros soupir.

— Pourquoi cette tristesse, mon enfant?

— La fête en elle-même ne m'effraye point, Madame, mais Geneviève a promis hier que je remplirais les fonctions de demoiselle d'honneur avec M. de Chastenay.

— Et cela vous déplaît?

— Oh! oui. Geneviève et Georges sont d'accord pour favoriser cette rencontre. Ils veulent me marier avec M. de Chastenay.

Et des larmes longtemps contenues jaillirent des yeux de la jeune fille.

— Voyons, Suzanne, calmez-vous, dit Mme Doutrebois. Et, d'abord, avez-vous bien réfléchi? Ne serait-il pas sage, au contraire, de profiter de cette circonstance pour étudier M. de Chastenay?

— Je ne veux pas d'un mari faisant consister le but unique de la vie dans l'élevage des chevaux de course ou dans l'assistance à toutes les premières représentations théâtrales.

— A la bonne heure, ne put s'empêcher de dire le colonel. Voilà un noble et fier langage.

— Ma chère Suzanne, reprit Mme Doutrebois, ni votre frère ni Geneviève ne vous forceront à vous marier contre votre gré, soyez-en sûre. Si vous le voulez, toutefois, je parlerai à ma fille et je la prierai de renoncer à ce malencontreux projet.

— Oh! chère Madame, je n'osais pas vous le demander, mais vous me rendriez un immense service.

— Tiens! voilà M. Doutrebois, dit le colonel en soulevant le rideau de la fenêtre. Quels sont ces deux messieurs qui l'accompagnent?

La femme du banquier jeta à son tour un regard par la croisée, et avec un léger mouvement de contrariété :

— C'est M. Furster, dit-elle. Il est sans doute avec son neveu. Vous vous souvenez qu'Élie nous avait annoncé leur visite.

— Je me sauve, reprit Suzanne, se levant vivement. Je n'ai que le temps de m'habiller pour le déjeuner.

Elle s'enfuit par une porte latérale, à l'instant où le banquier et ses compagnons entraient dans le grand vestibule.

M. Moïse Furster, le neveu de l'associé de M. Doutrebois, ne ressemblait à son oncle que par son nez crochu. Grand et mince, il avait une certaine gaucherie de manières que ne faisait point disparaître une obséquiosité extraordinaire. Ses yeux roux, clignotants, ne regardaient jamais de face la personne à laquelle il s'adressait. De longs cheveux noirs, collés sur les tempes, faisaient ressortir la pâleur de son teint. En somme, personnage fort peu séduisant.

M. Doutrebois parut éprouver une vive contrariété en apprenant que M. et Mme d'Avenel ne devaient pas rentrer avant la nuit. James Furster, plus maître de lui, se borna à demander négligemment :

— Et Mlle d'Avenel est-elle avec eux?

— Non, Monsieur, répondit Mme Doutrebois. Suzanne est ici. D'ailleurs, vous nous ferez le plaisir de rester avec nous au moins jusqu'à demain?

— Impossible, Madame, on nous attend ce soir à Nantes et nous sommes forcés de partir à 4 heures. Croyez à tous nos regrets.

— Oh! oui, Madame, croyez à tous nos regrets, répéta comme un écho le jeune Moïse. Mais, vous savez, quand les affaires commandent, il faut bien marcher.

Elie gardait son attitude maussade, et James Furster, désirant sans doute rasséréner tous ces fronts soucieux, lui dit à voix basse :

— Cessez donc de nous faire ainsi grise mine. Après tout, la jeune fille est là. C'est l'essentiel.

Il ne s'aperçut pas que M. de Serquigny avait pu entendre cette réflexion. Le colonel, mû par un inexplicable sentiment, s'était retiré un peu à l'écart, à l'arrivée des deux financiers.

— Ah! ça, se dit-il, est-ce encore un nouveau prétendant? Oh! par exemple, son compte sera vite réglé à celui-là!

Suzanne rentrait au salon. MM. Furster coururent au-devant d'elle et l'accablèrent de politesses et de compliments que la jeune fille accueillit avec une froideur évidente.

Le déjeuner fut assez triste, malgré les efforts d'Elie Doutrebois pour être agréable à ses nouveaux hôtes. D'ailleurs, ceux-ci n'évoluaient à l'aise que sur un seul terrain, celui des affaires et de la Bourse. Le colonel et Suzanne, assis à côté l'un de l'autre, ne tardèrent pas à constater leur incompétence absolue en pareille matière. Mlle d'Avenel ne se gêna pas pour faire comprendre à son voisin de droite, le jeune Moïse Furster, qu'elle préférait un autre sujet de conversation. Enfin, on se leva de table, et Suzanne, prenant le bras de M. de Serquigny, lui dit gracieusement :

— Vous désirez faire un tour de jardin, colonel? A vos ordres!

Ils gagnèrent rapidement une charmille, et Moïse, un peu décontenancé, dut se contenter d'escorter Elie, car déjà son oncle avait offert son bras à la maîtresse du logis.

— Ouf! disait pendant ce temps Suzanne à son cavalier ; on respire ici, au moins.

— Savez-vous, ma chère enfant, que vous me rendez très fier, reprit M. de Serquigny en souriant. Mais votre jeune voisin doit être furieux après moi en ce moment.

— Bah! répondit gaiement Mlle d'Avenel, la crainte est le commencement de la sagesse. La seule vue de votre uniforme lui inspirera des réflexions salutaires.

— Vous croyez? Cependant, il n'attendait que cet instant de liberté relative pour vous faire une déclaration en règle.

Les sourcils de Suzanne se froncèrent.

— Ce n'est pas possible, fit-elle.

— Livré à ses propres forces, il n'oserait, sans doute, jamais se risquer, mais avec l'appui de protecteurs influents.....

— Quels protecteurs? Que voulez-vous dire, colonel?

— Peut-être vais-je vous paraître indiscret, Mademoiselle Suzanne ; mais l'intérêt que je vous porte m'impose l'obligation de vous avertir. Il y a quelques jours, M. Doutrebois, en annonçant la visite de MM. Furster, faisait un éloge hyperbolique du jeune Moïse. Il sera millionnaire un jour, disait-il, et comblera sa femme de toutes les félicités. Ce matin même, avant votre entrée au salon, j'ai surpris une conversation entre mon beau-frère et M. James Furster. Il en résulte que la personne que l'on désirait le plus voir aujourd'hui à Fresnières, c'était vous.

Suzanne ne riait plus.

— Décidément, je n'ai pas de chance, murmura-t-elle.

— Si je vous ai offensée, Mademoiselle Suzanne, de grâce, pardonnez-moi.

— Oh! non! colonel, vous ne m'avez pas offensée ; je vous remercie, au contraire, dit la jeune fille sortant de sa rêverie. Seulement..... seulement.....

Ils étaient arrivés au fond du jardin, près d'une barrière donnant accès à une immense prairie où cinq ou six vaches broutaient paisiblement sous la garde d'une jeune fille d'une vingtaine d'années. Mlle d'Avenel la désigna du geste à son cavalier.

— Regardez Marie Poirier, dit-elle ; n'est-elle pas cent fois plus heureuse que moi?

— C'est la fille d'un de vos fermiers? interrogea le colonel.

— Oui ; elle n'a ni dot ni titre de noblesse, cette humble pastourelle. Aussi est-elle libre de choisir son époux à son gré. Elle se marie à la fin de l'année avec un brave garçon qu'elle aime de toute son âme. Elle peut envisager l'avenir avec confiance, tandis que moi, quel sera mon sort?

Il y avait dans l'accent de Mlle d'Avenel une telle expression de souffrance que M. de Serquigny se sentit pris d'une immense pitié.

— Ma chère petite, lui dit-il, permettez-moi cette familiarité, ma chère petite, prenez courage. Vous avez un trop noble cœur, des aspirations trop élevées pour que le ciel ne vous accorde pas tout le bonheur dont vous êtes digne. J'en ai le pressentiment, de meilleurs jours luiront bientôt pour vous.

— Oh! si je pouvais vous croire, murmura Suzanne réconfortée.

— Oui, oui, Suzanne, croyez-moi. Ne précipitez rien. D'ici quelques semaines, quelques jours peut-être, vous recevrez une nouvelle de nature à dénouer l'important problème dont vous cherchez la solution.

— Chut! interrompit la jeune fille en serrant la main du vieil officier. Voici M. Doutrebois et M. Moïse Furster.

Le banquier arrivait, en effet, avec le neveu de son associé, par la grande allée du jardin. Elie paraissait d'assez méchante humeur.

— Nous vous cherchions, dit-il. Par où avez-vous donc passé?

— Nous avons traversé la charmille, répondit Mlle d'Avenel. Je me demande comment vous avez ainsi perdu nos traces.

— C'est bien ce que je pensais, reprit Moïse cauteleux, mais M. Doutrebois a voulu passer par la terrasse.

Le banquier regarda son protégé d'un air ahuri. Finement railleuse, Suzanne continua en s'adressant à Moïse :

— Votre don de divination est d'autant plus remarquable, Monsieur, que vous ne connaissiez pas la topographie des lieux.

— Oh! Mademoiselle, on m'a toujours reconnu des qualités de chasseur émérite, répliqua le jeune Israélite en se rengorgeant.

— Surtout lorsqu'il s'agit de saisir les millions au vol, riposta Mlle d'Avenel.

L'arrivée de Mme Doutrebois et de James Furster lui coupa la parole.

— Je te cherchais, Moïse, dit le financier à son neveu. 3 heures viennent de sonner. Il est temps de se rendre à la gare.

— Déjà! s'exclama le jeune homme. Ces quelques heures ont passé comme un éclair.

Suzanne se détourna. Elie Doutrebois, de son côté, s'écriait avec un emphatique élan :

— Mon cher ami, il dépendra de vous de renouveler prochainement et souvent les trop courts moments que nous avons passés ensemble.

Coupant court à ces épanchements, James Furster prit congé de ses hôtes et, suivi de son neveu, s'éloigna rapidement.

VII

EN ROUTE POUR LA POSSONNIÈRE

Il était dit que cette journée, marquée par la visite de MM. Furster, oncle et neveu, apporterait son contingent d'émotions et d'ennuis à tous les habitants de Fresnières.

Vers 7 heures, l'automobile de M. de Verneuil ramenait M. et Mme d'Avenel et leurs jeunes amis. On se mit presque aussitôt à table ; mais, en dépit des efforts de Mme Doutrebois et de Geneviève, une gêne assez peu explicable semblait régner entre les divers convives.

Le lieutenant Vaubarel, surtout, était sombre. A peine prononça-t-il quelques paroles banales pendant tout le dîner. Georges d'Avenel lui faisait cependant des avances évidentes, négligeant même un peu MM. de Chastenay et de Verneuil qui mangeaient de grand appétit.

— Ces promenades en automobile dans votre splendide Touraine sont décidément ravissantes, déclara Gaston de Chastenay, à l'instant du dessert. Je propose, pour demain, une excursion sur les bords de l'Indre, avec Chinon comme point terminus. Je mets ma motion aux voix.

— Adopté, dit Geneviève. L'idée est excellente. Suzanne, vous serez des nôtres?

— Je ne promets rien, Geneviève. J'ai un peu de migraine ce soir et ne pourrai prendre une décision ferme avant demain matin, répondit Mlle d'Avenel.

— Mademoiselle, reprit M. de Chastenay, votre absence nous a causé un grand vide aujourd'hui, et vous ne voudrez pas nous imposer encore ce supplice.....

— C'est-à-dire, Monsieur, que ma présence vous en infligerait un autre, répliqua la jeune fille en riant. L'automobile ne peut contenir plus de six à sept personnes, et, hier, nous étions vraiment bien serrés.

— Ceci ne doit pas vous tourmenter, Mademoiselle, interrompit le lieutenant Vaubarel. Ma place, demain, sera disponible, car je partirai à 10 heures pour La Possonnière.

Il y eut un cri général de surprise, sauf, cependant, de la part de Geneviève, devenue subitement très rouge.

— C'est une plaisanterie, mon cher lieutenant, dit vivement Georges d'Avenel. Vous nous aviez promis de rester jusqu'à la fin de la semaine.

— En effet, mais ma mère est souffrante et je dois rentrer au plus vite.

L'officier parlait d'un ton saccadé. On devinait, néanmoins, dans son accent, une résolution irrévocable.

— Mon Dieu! Suzanne, comme vous êtes pâle! s'écria Mme Doutrebois. Qu'avez-vous?

— Rien, rien, je vous assure..... balbutia la jeune fille en essayant de sourire.

— En vérité, Suzanne, interrompit Geneviève avec impatience, vous n'êtes pas raisonnable, et vous seriez beaucoup mieux dans votre lit. Demain, j'enverrai chercher le médecin.

— C'est inutile, Geneviève, une bonne nuit me remettra, répondit Mlle d'Avenel. Cependant, je vous prierai, Mesdames et Messieurs, de m'excuser ce soir.

Elle embrassa sa belle-sœur et Mme Doutrebois, serra la main des autres convives et sortit presque en chancelant.

Tout le monde ayant quitté la table, Georges engagea les hommes à venir au fumoir. Le lieutenant, prétextant la nécessité de préparer ses bagages, prit congé de ses hôtes et remonta aussitôt dans sa chambre. Il referma la porte derrière lui et, se jetant sur une chaise, cacha sa tête dans ses mains, en proie à une intense et douloureuse émotion. Cinq minutes ne s'étaient pas écoulées qu'on frappait à sa porte. Il alla ouvrir. C'était le colonel de Serquigny.

— Il me tardait de causer avec vous, mon ami, dit celui-ci. Que s'est-il passé? Pourquoi ce brusque départ?

— Mon colonel, j'ai déjà abusé de vos bontés. Je ne puis vraiment pas m'éterniser ici, balbutia le jeune homme. Ma mère me réclame...

— Racontez cette histoire à d'autres, interrompit le colonel. J'ai reçu moi-même tantôt le courrier des mains du facteur et il n'y avait aucune lettre pour vous.

— C'est vrai, répondit franchement Charles; je n'ai pas.....

— Mais, encore une fois, pourquoi ce départ? interrompit de nouveau M. de Serquigny. Vous n'aviez plus que trois jours à passer ici.....

— Mon colonel, je ne sais que vous répondre. Ce serait vraiment de l'ingratitude de ma part de vous initier à certains froissements. Permettez-moi donc de garder mon secret.

— Ah! non, par exemple. Je veux tout savoir. Evidemment, quelqu'un vous a offensé. Ce n'est pas Georges.....

— M. d'Avenel a été parfait pour moi. J'en dirai autant de M. et Mme Doutrebois.

Le lieutenant s'arrêta.

— Restent Suzanne et Geneviève, dit le colonel. Laissons la première de côté. Nous avons causé aujourd'hui tous deux, et je garantis que votre ennui ne vient pas de cette charmante enfant. Quant à ma nièce, dame..... elle a certaines bizarreries de caractère, comme son père, du reste.

— Loin de moi la pensée de garder rancune à Mme d'Avenel, interrompit le lieutenant. D'ailleurs, elle est très excusable, car j'ai prêté le flanc à ses critiques. C'est raison de plus pour ne pas m'y exposer davantage.

— Toutes ces circonlocutions ne m'expliquent rien. Parlez plus clairement.

— Eh bien! mon colonel, encouragé par l'excellent accueil de tous, j'ai oublié la distance qui sépare le pauvre officier de fortune des privilégiés du sort..... Je me suis surtout laissé entraîner, vis-à-vis de Mlle d'Avenel, à une familiarité.....

— Enfin, nous y voilà!..... Mme Geneviève s'est permis de vous adresser des remontrances.

— Elle a fait plus, mon colonel, reprit Charles d'une voix sourde. Jusqu'à l'arrivée de M. de Chastenay, elle n'a semblé prendre aucun ombrage de mon attitude; mais depuis, elle a trouvé le moyen de m'éloigner constamment de sa belle-sœur.

— Je m'en suis bien aperçu hier. On vous avait relégué à côté du mécanicien. Pourtant, si cela peut vous consoler, mon cher lieutenant, je vous dirai que cette petite perfidie n'a pas produit l'effet attendu. Mlle d'Avenel, et cela je le tiens de sa bouche, ne s'est jamais autant ennuyée que pendant cette promenade.

— Elle n'aime donc pas M. de Chastenay? s'écria Charles.

— Oh! non, par exemple.

— Ah! Dieu soit loué! murmura le jeune officier. Vous me rendez bien heureux, mon colonel.

Un bon sourire illumina le visage de M. de Serquigny.

— Oh! oh! voilà une exclamation qui vaut de longs discours. Alors, vous vous intéressez beaucoup aux amours de Suzanne.

Ces mots firent tomber, comme par enchantement, l'enthousiasme du lieutenant. Baissant la tête, il reprit avec abattement :

— Eh bien! oui, mon colonel. Je n'essayerai pas, avec vous, de dissimuler plus longtemps la vérité. J'aime Mlle d'Avenel de toutes les forces de mon âme, et cet amour, je le sais bien, fera le malheur de ma vie, car un mariage entre nous est impossible. Au lieu de me blâmer, mon colonel, vous me plaindrez, vous me pardonnerez, mais vous ne direz pas que je suis un coureur de dot.....

— Comment! interrompit le colonel sursautant sur sa chaise ; est-ce que Geneviève se serait permis de vous insulter à ce point? Et, d'abord, lui auriez-vous avoué votre état d'âme?

— La pensée ne m'en serait pas même venue, mon colonel. Seulement, lorsque j'ai su que Mlle Suzanne ne venait pas avec nous, je n'ai pu dissimuler une vive contrariété, et Mme d'Avenel m'a criblé d'épigrammes plus ou moins transparentes. Jusqu'à Chenonceaux, toutefois, j'ai tenu assez vaillamment tête à l'orage. Après avoir visité le château, nous sommes allés déjeuner, et, au cours du repas, Mme d'Avenel a, tout d'un coup, annoncé à M. de Verneuil que, très probablement, le mariage de M. de Chastenay se célébrerait quelques semaines seulement après le sien. Là-dessus, M. de Chastenay s'est écrié :

— Ah! Madame, dites-vous vrai? Mlle Suzanne.....

M. d'Avenel lui a coupé la parole :

— Vous savez bien, Geneviève, lui a-t-il dit, la discrétion qu'il faut observer en matière de mariage.

Mme d'Avenel, très surexcitée, a répondu à son mari :

— Je ne suis point de votre avis, Georges. En matière de mariage, il vaut beaucoup mieux dire toute la vérité, afin d'empêcher les coureurs de dot de se lancer sur de fausses pistes.....

— La pécore! s'écria le colonel furieux.

— Vous comprenez ce que je souffrais pendant cette discussion, poursuivit le lieutenant Vaubarel. Je fus sur le point de me lever et de sortir immédiatement. Mais M. d'Avenel dénoua la situation en disant à sa femme :

— Dans le cas particulier, il n'est aucunement question de ce que vous avancez, et je ne sais rien de plus ridicule au monde que les jeunes filles qui prétendent repousser les demandes d'individus n'ayant jamais songé à elles.....

— A la bonne heure, dit le colonel avec satisfaction. Georges est un brave cœur.

— Si je n'avais eu en face de moi que M. et Mme d'Avenel, continua Charles, je ne me fusse sans doute pas résigné à garder le silence. Mais, vous le comprenez maintenant, mon départ s'impose.

— C'est vrai, lieutenant. Du reste, personne ne s'en étonnera ni n'en soupçonnera les véritables motifs, car nous partirons ensemble.

— Quoi! mon colonel! vous voudriez.....

— Votre mère m'accordera bien l'hospitalité pendant quelques jours?

— Elle en sera aussi heureuse qu'honorée, mon colonel. Mais, vous le devinez, vous ne retrouverez pas à notre humble foyer le confort de Fresnières.

— Inutile d'envisager ce côté de la question, repartit M. de Serquigny. Croyez-le, d'ailleurs, ces apparences extérieures m'importent fort peu, et je préférerais rencontrer chez nos hôtes plus de tact et de savoir-vivre que n'en a montré Mme d'Avenel.

— Mon colonel, de grâce. N'ajoutez pas à ma souffrance déjà trop vive, hélas! le regret de vous voir brouillé avec votre famille à cause de moi.

— Vous prêchez dans le désert. Geneviève m'a cruellement blessé. Du reste, rassurez-vous. Il n'y aura point de bruit, point d'éclat. A tous égards même, je tiens à m'éloigner pendant un certain temps. Plus tard, nous verrons, et qui sait? La vengeance ne se fera peut-être pas attendre.

Et comme le lieutenant le regardait surpris :

— Oui, oui, poursuivit le colonel. Grâce au ciel, il n'y a pas sur la terre que des âmes vénales et frivoles, et, certes, Suzanne est bien supérieure à Geneviève.....

— Oh! mon colonel, balbutia Charles frémissant. Vous ne vous étonnez point, n'est-il pas vrai, du sentiment irrésistible qui m'a entraîné vers cette noble jeune fille?

— Non! oh! non. En vous écoutant, il me semble que je rajeunis de trente ans. C'est ici même, à Fresnières, que j'avais rencontré ma compagne bien-aimée...... C'était le bon temps..... Il fût court. Trois ans plus tard, le deuil et le chagrin empoisonnaient mon existence.

— Hélas! mon colonel, moi, je ne goûterai pas ce bonheur trop éphémère. J'aime sans espoir.

— Qui sait? répéta M. de Serquigny, rêveur. Personne ne peut répondre de l'avenir!

11 heures sonnaient au cartel de la porte d'entrée. M. de Serquigny se leva vivement.

— Il est temps de rentrer dans nos casernements respectifs, dit-il. Bonne nuit, Charles, et courage!.....

Ce fut un véritable coup de théâtre le lendemain, lorsque M. de Serquigny annonça son intention d'accompagner le lieutenant. Seul, Elie Doutrebois dissimulait mal une impression de soulagement.

Mme Doutrebois exigea de son beau-frère une promesse formelle de revenir à bref délai. Quant à Geneviève, prise, à son tour, d'une opportune migraine, elle ne parut pas au déjeuner matinal.

Georges d'Avenel accompagnait donc seul à Chinon MM. de Verneuil et de Chastenay. Avant de monter en automobile, il trouva le moyen d'attirer M. de Serquigny un peu à l'écart et lui dit :

— Le lieutenant Vaubarel vous a sans doute raconté le petit incident d'hier. Je ne veux point avoir d'explication avec lui sur ce sujet délicat ; mais je tiens, mon cher oncle, à vous exprimer tous nos regrets et à vous présenter les excuses de Geneviève. Ses expressions ont grandement dépassé sa pensée, et nous comptons sur vous pour faire oublier ce malentendu à M. Vaubarel.

— Merci de vos paroles, Georges, répondit le colonel ; Geneviève a agi en étourdie, mais puisqu'elle reconnaît son erreur, j'aurais mauvaise grâce à lui tenir davantage rigueur.

— Tout est bien qui finit bien, repartit M. d'Avenel.

Et, évidemment soulagé d'un véritable poids, il alla serrer la main du jeune officier en lui disant :

— Nous nous reverrons prochainement, surtout si vous êtes attaché à la garnison de Paris. A bientôt donc.

Le lieutenant répondit courtoisement. En ce moment, du reste, une préoccupation tenace le mordait au cœur. Allait-il quitter Fresnières sans revoir Mlle d'Avenel ?

Le colonel se posait la même question. L'automobile venait de sortir sur la route. Quelques minutes encore, et les voyageurs allaient prendre à leur tour le chemin de la gare, quand Suzanne apparut enfin à l'entrée du salon.

Elle était très pâle. Ses yeux cernés portaient les traces d'une nuit d'insomnie. Elle s'avança vers le colonel et le lieutenant en leur tendant les mains.

— Ah ! chère enfant, que vous êtes aimable ! s'écria le vieil officier. Nous commencions à désespérer de vous voir.

— Avant de descendre, j'attendais le départ de ces messieurs, répondit la jeune fille, mais je ne voulais point vous laisser partir sans venir vous souhaiter bon voyage et vous dire : A bientôt !

— Oh ! merci, Mademoiselle, s'écria Charles Vaubarel transporté de joie. Oui, oui, à bientôt !

Un long regard échangé entre les jeunes gens compléta leur pensée intime.

VIII

INITIALES RÉVÉLATRICES

Elle avait bien changé, Mme Joséphine Vaubarel, depuis le jour où elle assistait à son lit de mort la femme inconnue, découverte inanimée dans un wagon, en gare de La Possonnière. Son front s'était ridé, ses cheveux avaient blanchi, mais sa taille restait droite et son visage conservait toujours la même expression de bonté et de franchise.

Veuve depuis deux ans, elle avait cédé l'hôtel de la *Descente des Voyageurs* et s'était retirée dans une gentille maisonnette située à l'entrée du bourg. Au rez-de-chaussée, une grande cuisine et une jolie salle à manger ; au premier étage, trois chambres à coucher constituaient, pour la veuve, avec un jardin de trois cents mètres, un domaine bien suffisant où elle vivait tranquille, en compagnie d'une petite servante d'une quinzaine d'années.

En ce moment, cependant, Mme Vaubarel était fort tentée de se plaindre de l'exiguïté de ses appartements, car, depuis trois jours, elle hébergeait son fils et le colonel de Serquigny, mais elle avait beau se multiplier, il lui semblait toujours qu'elle n'arrivait jamais à recevoir le colonel d'une façon digne de lui.

Le dîner venait de se terminer, et M. de Serquigny exprimait pour la vingtième fois à Mme Vaubarel son admiration pour le pays et ses habitants.

— Ah! Monsieur le colonel, vous ne vous décideriez pourtant pas à habiter ici, j'en suis sûre, répondit Mme Vaubarel.

— Détrompez-vous, chère dame. Je serai heureux de passer les mois d'hiver dans la ville où Charles tiendra garnison, mais je viendrai me réfugier ensuite dans le petit ermitage que je me serai choisi au milieu des champs.

— Croyez-vous, mon colonel, demanda Charles, que vous pourriez vous habituer à La Possonnière?

— Sans aucun doute, mon ami. Pourquoi cette question?

— Parce qu'il se présente actuellement une occasion. Un monsieur Gerbaud est mort la semaine dernière, laissant ici une maison de campagne qui va être mise en vente.

— Ah! c'est vrai ; moi qui n'y songeais pas! s'écria Mme Vaubarel. Un chalet magnifique, Monsieur, fraîchement réparé ; un jardin en plein rapport ; une vue splendide.....

— Et le prix de cette propriété idéale? interrompit le colonel.

— Quinze à seize mille francs ; vingt mille tout au plus avec les frais.

— Cela me conviendrait assez. Mais il faudrait voir les lieux.

— C'est bien simple, reprit Mme Vaubarel. Les clés sont chez le notaire.

— Oui, dit le lieutenant ; mais comme c'est demain dimanche et qu'il viendra sûrement des étrangers, j'ai bien envie d'aller chercher les clés dès ce soir. Nous visiterions demain dans la matinée.

— Je m'en rapporte à vous, mon cher lieutenant. Faites pour le mieux.

Le lieutenant boucla son ceinturon et sortit. Mme Vaubarel, qui contemplait tous ses moindres mouvements, se retourna vers le colonel :

— Ce pauvre Charles, dit-elle ; il sera bien heureux de vous voir vous fixer ici. Il aime tant son colonel!

— Il y a réciprocité, je vous l'assure, Madame. Du reste, il serait bien difficile de ne pas s'attacher à lui quand on le connaît un peu intimement.

— Oh! oui, reprit Mme Vaubarel avec un naïf orgueil. Au collège, tout le monde l'aimait. Ensuite, quand il est entré au bureau de la gare, c'était la même chose. Tous ses chefs auraient voulu qu'il vînt reprendre sa place après son service militaire..... Mais, bast! sa vocation n'était pas là. Ayant endossé l'uniforme, il n'a plus rêvé que campagnes et batailles et il s'est mis aussitôt à travailler d'arrache-pied pour entrer à Saint-Maixent.

— Ses efforts ont été couronnés de succès, il me semble, dit le colonel en souriant.

— Je ne dis pas le contraire, Monsieur. Mais quel chagrin, pour son père et pour moi, d'être toujours séparés de lui.

— C'est juste, d'autant plus que vous avez dû vous imposer pour lui de rudes sacrifices.

— Que voulez-vous, Monsieur? Nous ne pouvions pas l'obliger à faire notre volonté comme s'il avait été vraiment nôtre enfant.

Le colonel sursauta.

— Comment! Charles n'est pas votre enfant? dit-il, stupéfait.

— Mais non, Monsieur..... Il ne vous a pas dit cela?

— Jamais..... C'est votre neveu alors?

— Nous ne connaissons même pas sa famille, Monsieur. Mais ça ne fait rien, allez! Nous ne l'en aimons que davantage, car il n'avait guère plus d'un an quand nous l'avons recueilli.

— Racontez-moi cela, je vous en prie, reprit M. de Serquigny.

Mme Vaubarel commença aussitôt le récit des événements du 15 novembre 1870, à la suite desquels le pauvre orphelin, échoué avec sa mère mourante dans l'hôtel de la *Descente des Voyageurs*, avait retrouvé chez les époux Vaubarel les soins et les affections de ses parents véritables.

Assez prolixe par nature, la veuve s'étendit longuement sur la mort de son propre enfant et sur la jeunesse de Charles.

Mme Vaubarel ne s'apercevait pas de l'émotion intense, de l'angoisse poignante qui envahissaient graduellement le colonel. Tout à coup, il reprit d'une voix singulièrement altérée :

— Alors, la mère de Charles est morte chez vous, sans avoir repris connaissance.

— Oui, Monsieur.

— Quel âge semblait-elle avoir?

— Vingt-cinq ans au plus. C'était une belle brune, grande, distinguée.

Le lieutenant Vaubarel rentrait en cet instant. Il posa un paquet sur la table.

— Voilà les clés, dit-il gaiement. J'ai promis de les rendre au notaire, demain, à 2 heures. Il m'a donné, en outre, toutes sortes de renseignements.

— Charles, interrompit le colonel, vous n'étiez que le fils adoptif de M. et Mme Vaubarel et vous ne m'aviez jamais dit cela.

— En vérité, mon colonel, dit-il. A quoi bon faire constater que je suis un enfant abandonné, puisque la Providence m'a rendu des protecteurs aussi dévoués, aussi affectueux que les meilleurs parents naturels?

Et, avec un geste de naïf abandon, le lieutenant embrassa Mme Vaubarel.

— Ce sentiment de gratitude vous honore, mon ami, reprit M. de Serquigny. Pourtant, n'auriez-vous pas dû faire plus d'efforts pour retrouver votre famille?

— Quant à ça, Monsieur le colonel, interrompit Mme Vaubarel, on a fait toutes les enquêtes possibles, à l'instant de la mort de cette pauvre dame. Des annonces ont été faites dans tous les journaux des environs et même dans ceux de Lyon, puisque le billet de chemin de fer était pour cette ville-là.

— Cette femme avait un billet pour Lyon, dites-vous? répéta le colonel.

— Oui, Monsieur .Du reste, je vais vous montrer les bijoux et les objets de lingerie trouvés dans les valises de la dame.

Et s'adressant à son fils :

— Veux-tu aller chercher? continua-t-elle. Tu trouveras le sac de voyage sur la première tablette de l'armoire, dans ma chambre.

Le lieutenant sortit, médiocrement flatté des confidences de sa mère adoptive. Il monta rapidement l'escalier et, deux minutes plus tard, il reparaissait, tenant un petit sac de cuir noir.

Pâle, haletant, M. de Serquigny s'avança vers lui précipitamment, lui arracha, pour ainsi dire, cet objet des mains, et, le plaçant sous le jour direct de la lampe, examina l'écusson d'argent qui servait de fermeture au sac.

— V. S., dit-il à voix basse. C'est bien cela.

Il recula en joignant les mains. Charles prit le sac pour l'ouvrir. Mais le colonel, lui posant la main sur le bras, le retint.

— Lieutenant, un moment, fit-il. Il y a des bijoux, dites-vous, dans ce sac. Laissez-moi vous les décrire..... Il y a d'abord une montre au fond émaillé bleu, avec le chiffre V. S. en brillants.

— Ah! mon Dieu! interrompit Mme Vaubarel, comment savez-vous cela?

— Il doit y avoir aussi un écrin noir contenant des pendeloques et une broche or et brillants..... Puis un large bracelet à mailles enchaînées de deux doigts de largeur, avec une tête pareille à la broche.

— C'est ça! c'est bien ça! répétait Mme Vaubarel, frappée de surprise.

— Mon colonel..... Quoi! Vous connaissiez donc ma mère? balbutiait en même temps le lieutenant en proie à une inexprimable émotion.

— Oh! Maurice! mon fils! Je comprends maintenant le sentiment qui m'entraînait vers toi, répondit M. de Serquigny, ouvrant les bras au jeune lieutenant.

— Mon père! reprit celui-ci en embrassant le colonel. Vous seriez mon père! Oh! ce serait trop de bonheur!

Il y eut un moment de silence. Mme Vaubarel se ressaisit la première. Au fond, le dénouement inattendu de cette scène lui causait plus de surprise que de joie.

— Enfin, Monsieur le colonel, dit-elle, il y a dans tout ceci un mystère incompréhensible. D'abord, bien des bijoux se ressemblent, et il faut vous assurer si ceux que vous venez de nous décrire sont bien les mêmes.

D'une main fiévreuse, elle ouvrit le sac et en éparpilla le contenu sur la table. S'arrachant à l'étreinte de son fils, M. de Serquigny ouvrit lui-même les boîtes, et, les yeux pleins de larmes, il reprit :

— Oui, oui, je reconnais tous ces bijoux. Ils faisaient partie de la corbeille de mariage de ma bien-aimée femme. Quant à ces colifichets, continua le vieil officier en désignant la lingerie, ils m'étaient moins familiers, et pourtant, tenez, voilà le même chiffre V. S. brodé par ma chère Valentine.

De nouveau, il embrassa le lieutenant. Celui-ci, écrasé pour ainsi dire sous le poids de son émotion, répétait sans cesse, riant et pleurant à la fois :

— Dire que je retrouve mon père..... et que c'est vous, vous..... mon colonel..... Comment ne vous avais-je pas deviné plus tôt?

— Dame! à coup sûr, Charles, ta famille était bien au-dessus de nous, reprit Mme Vaubarel. J'espère, pourtant, que tu ne m'oublieras pas tout à fait.

Et, soudain, incapable de se contenir davantage, la brave femme éclata en sanglots convulsifs. Le lieutenant se retourna vers elle et l'enlaçant de ses bras :

— T'oublier, ma mère! En quoi t'ai-je donné le droit de me supposer capable d'une telle vilenie? dit-il. Non, non, je n'oublierai jamais les soins dont papa Vaubarel et toi vous avez entouré le pauvre orphelin. Mon père ne me le permettrait pas, d'ailleurs.

— En effet, reprit vivement M. de Serquigny. Je serais le dernier des hommes si je cherchais à détacher mon enfant de ceux qui en ont fait un homme de cœur, un vrai Français.

Ainsi réconfortée, Mme Vaubarel sécha vite ses larmes, et, le premier moment d'émotion calmé, le colonel reprit la parole :

— Vous vous demandez, sans doute, dit-il, comment j'ai pu ainsi perdre les traces de ma femme et de mon fils. Je vous dois une explication à ce sujet. En 1867, j'épousai Valentine de Valbrenis, que j'avais rencontrée dans une maison amie. Mon beau-père, à l'instant de notre mariage, avait partagé ses biens entre ses deux filles. Le domaine de Fresnières échut à ma femme, et ma belle-sœur Louise fut pourvue d'une autre propriété, à peu près de même importance, située à quelques kilomètres de Lyon. Un an plus tard, elle épousait Elie Doutrebois.

En 1869, ta naissance, mon cher Maurice, vint mettre le comble à notre bonheur. Ta mère était un ange, et tout se réunissait pour nous rendre la vie belle et enviable. Hélas! cette félicité ne devait pas être de longue durée.

En juillet 1870 éclata, comme un coup de foudre, la guerre de Prusse. Mon beau-père, alors au camp de Châlons, partit à la première alerte. Huit jours après, mon régiment était appelé à son tour, et je quittai Fresnières, où Valentine devait rester pendant mon absence.

Je n'avais, en m'éloignant de ma femme et de mon fils, aucun pressentiment funeste. Je partageais l'illusion de beaucoup de Français s'imaginant que nous entrerions à Berlin sans coup férir, et qu'en quelques semaines la guerre serait terminée. La bataille de

Reichshoffen vint bientôt nous ouvrir les yeux. Le colonel de Valbrenis y trouva une mort glorieuse, et ce fut une première et bien terrible douleur pour ma chère Valentine.

Il m'était impossible de quitter mon poste, et je dus me borner à recommander à M. et Mme Doutrebois de veiller sur ma femme et sur toi, Maurice. Un mois plus tard, j'étais fait prisonnier à Sedan, et je prenais le chemin de l'Allemagne. Je gardais quand même foi dans les destinées de notre chère France. Jamais je n'aurais pu croire ni à l'investissement de Paris ni à l'invasion de nos provinces de l'Ouest.

On m'avait interné à Spandau, et, pendant près de cinq mois, nous ne reçûmes, mes compagnons de captivité et moi, aucune nouvelle de France. Nous écrivions à nos familles. Les lettres parvenaient-elles à leur adresse? Je n'en sais rien. M. Doutrebois m'a toujours affirmé qu'il n'avait rien reçu de moi. Nos geôliers nous racontaient bien de temps en temps les événements qui s'accomplissaient dans notre malheureux pays. Nous ne voulions pas les croire.

Enfin, l'armistice proclamé, je fus compris dans un convoi de prisonniers rapatriés, et je revins en France.

Je débarquai à Paris par la gare de l'Est, et, immédiatement, je courus boulevard Haussmann, me demandant si j'allais même y retrouver la banque Doutrebois. Elie était rentré à Paris depuis quinze jours, mais, à ma vue, il se mit à trembler et pâlit comme un homme prêt à se trouver mal.

Enfin, après beaucoup de circonlocutions et de réticences, je parvins à démêler l'affreuse vérité. Dès le début du siège, M. Doutrebois avait quitté Paris avec sa femme et s'était réfugié à La Chesnaie, terre des environs de Lyon dont je vous parlais à l'instant.

— Mais Valentine, mais mon fils, que sont-ils devenus? Pourquoi ne vous ont-ils pas rejoints? Où sont-ils? m'écriais-je à chaque phrase de mon beau-frère.

Il finit par me dire que ma femme avait d'abord préféré rester à Fresnières où, d'ailleurs, jusqu'à la fin d'octobre, l'invasion ne s'était pas fait sentir. Enfin, sur les instances de M. Doutrebois, elle avait consenti à venir à La Chesnaie. Le 12 novembre, elle annonçait à sa sœur son arrivée pour le surlendemain. On l'avait attendue en vain. Deux lettres de M. Doutrebois étaient restées sans réponse. Alors il avait fait le voyage de Fresnières, où les fermiers lui apprirent que Mme de Serquigny était partie pour Lyon avec son fils, le 14 novembre, dans la matinée. Un monsieur, venu la chercher de la part de son beau-frère, avait pris le même train....

— Un monsieur! interrompit le lieutenant, qui écoutait frémissant ce récit. Quel était cet homme? Un assassin?

— Hélas! c'est probable, reprit le colonel. Je ne me contentai point des explications embrouillées d'Elie. A mon tour, je partis pour Fresnières. J'interrogeai tout le monde ; je remuai ciel et terre, pour ainsi dire, sans pouvoir me procurer d'autres renseignements. On ne me donnait même pas le signalement exact de l'inconnu qui avait emmené Valentine et mon fils. Seule, une femme de chambre, qui avait accompagné les voyageurs jusqu'à Tours, aurait pu, paraît-il, m'édifier plus complètement. Mais on ne savait pas non plus ce qu'elle était devenue. Les recherches de la police n'aboutirent pas à un meilleur résultat, et l'affaire fut classée.

— Mais comment, ayant pris son billet pour Lyon, ma mère s'est-elle ainsi trouvée sur la ligne de Nantes? dit le lieutenant. Cet inconnu l'a donc entraînée dans cette fausse direction?

— Et pourtant, si c'était un malfaiteur, reprit Mme Vaubarel, pourquoi ne s'est-il pas emparé des bijoux et de la somme d'argent trouvés dans le sac?

— C'est, en effet, un terrible mystère, répliqua le colonel. Mais, en 1871, je n'avais même pas les indications que vous venez de me révéler, et, d'ailleurs, le désarroi régnant alors ne pouvait guère favoriser mes recherches. A la fin de mars, on m'appelait à Versailles pour combattre les insurgés.

Au dernier jour de l'insurrection, comme nous délogions les communards retranchés dans le cimetière de Montmartre, une balle m'atteignit en pleine poitrine. Je restai quatre mois entre la vie et la mort à l'hôpital du Val-de-Grâce, et le chirurgien considéra ma guérison comme un véritable miracle. Cependant, je l'avoue sincèrement, j'eusse alors accepté la mort comme une délivrance.

Les recherches concernant Valentine et Maurice n'avaient donné aucun résultat. Alors, j'essayai de trouver dans le service colonial une diversion à mes cuisants chagrins, et voilà comment, après vingt ans de pérégrinations sous toutes les latitudes, je me suis échoué à Madagascar.

— Oui, à Madagascar, où vous deviez retrouver l'enfant perdu, acheva Maurice de Serquigny en embrassant de nouveau le colonel. Père! oh! père, combien les voies de la Providence sont impénétrables!

IX

TRADITIONALISME ET POSITIVISME

Georges d'Avenel, le front soucieux, se promenait sous la charmille de Fresnières. Le silence et le calme avaient remplacé dans le domaine la joyeuse animation des semaines précédentes, et les châtelains eux-mêmes se préparaient à rentrer à Paris.

La grille d'entrée tourna sur ses gonds, et Suzanne d'Avenel, coiffée d'un coquet chapeau de jardin, en franchit le seuil ; mais au lieu de regagner le logis principal, elle aperçut son frère et se dirigea vers lui.

— Je suis enchantée de te rencontrer seul, dit-elle. J'ai à te parler.

— Tiens! Je te cherchais, moi aussi, petite sœur, pour te faire une communication.

— Une communication? demanda curieusement Suzanne.

— Sans doute. Mais, honneur aux dames! Parle la première.

— C'est facile ; je viens du bourg où j'ai vu la Sœur Saint-Joseph, supérieure de l'école. Elle prend sa retraite et elle part après-demain pour Lourdes, afin de rentrer dans la maison-mère de son Ordre.

— Eh bien! après? fit Georges étonné.

— Voilà deux ans que je promets une visite à notre bonne tante d'Estizac. Peut-être pourrais-je profiter de cette occasion.....

— Alors, tu partirais avec la religieuse?

— Oui.

— Tu te déplais donc bien avec nous, ma pauvre Suzanne? dit M. d'Avenel.

— Mais non..... Pourquoi cette question? Mlle d'Estizac réclame ma présence dans toutes ses lettres. C'est presque une inconvenance de ma part de me montrer si indifférente.

— Sois franche, ma Suzanne ; tu n'aurais même pas eu la pensée de ce voyage si Geneviève n'avait pas insisté un peu plus que de raison auprès de toi pour t'engager à accepter la main de M. de Chastenay.

— Oui, c'est vrai, Georges ; Geneviève m'a, en effet, contrariée en m'imposant l'obligation d'assister, avec M. de Chastenay, au mariage de M. de Verneuil. Je voudrais, à tout prix, éviter cette corvée.

— Tu le vois, je t'avais devinée. Je ne te croyais pas un tel caractère, petite sœur.

— Suis-je donc si coupable en refusant d'autoriser des espérances qui ne se réaliseront jamais?

— A ton point de vue, tu as peut-être raison, répliqua Georges. Par exemple, je ne comprends pas pourquoi tu ne choisis pas le meilleur moyen de secouer notre joug en te mariant le plus tôt possible.

— Oui, mais la femme doit obéissance à son mari, dit Mlle d'Avenel en riant. Avant de me soumettre définitivement à mon seigneur et maître, je tiens à le bien choisir. Tu ne saurais vraiment m'en blâmer.

— Oh! non. Tu n'as même que l'embarras du choix, repartit Georges. Ce matin, j'ai reçu une nouvelle demande pour toi.

— Ah! c'est là ta *grrrande* communication, reprit Suzanne devenue très rouge.

— Ne t'emballe pas, de grâce, continua M. d'Avenel. Quand tu auras lu cette lettre, les actions de ce pauvre Gaston feront un bond énorme dans la cote de tes affections.

Il donna à sa sœur une feuille de papier sur laquelle s'étalaient quinze ou vingt lignes de belle écriture. La jeune fille y jeta les yeux, courut à la signature, et, rendant la lettre à son frère :

— James Furster, dit-elle. Il plaide la cause de son neveu Moïse, le futur millionnaire. Tu as raison, Georges. Cela ne vaut pas la peine de s'y arrêter.

La voix de Suzanne tremblait un peu. Evidemment, elle venait d'éprouver une certaine déception. M. d'Avenel la regarda :

— Tu t'attendais à cette demande? dit-il.

— Mais oui, M. de Serquigny m'avait prévenue. Il est même probable que M. Doutrebois accordera sa haute protection à ce monsieur. Cela ne changera rien, d'ailleurs, au résultat final. Une chrétienne se déshonore à tout jamais lorsqu'elle épouse un Juif, et je ne suis pas très flattée d'être supposée capable d'une telle apostasie.

— Je suis absolument de ton avis, chère sœur. Demain, je répondrai à ce Furster comme il convient. Mais, une question : le colonel de Serquigny t'avait avertie, dis-tu. Alors, il t'a parlé de mariage?

— Sans doute. Cela te surprend?

— Un peu. Voyons, malgré ses dénégations à Geneviève, aurait-il, par hasard, posé la candidature du lieutenant Vaubarel?

Suzanne regarda son frère bien en face.

— Pourquoi mêles-tu le nom du lieutenant Vaubarel à tout ceci? dit-elle.

— Oh! pour rien..... Je me trompais, balbutia Georges. C'est Geneviève qui a cru.....

Il s'arrêta, mais Suzanne était décidée à pousser son frère dans ses derniers retranchements.

— Georges, reprit-elle, je t'ai répondu en toute franchise. A ton tour, ne me cache rien. Qu'est-ce que le colonel a dit à Geneviève à propos du lieutenant?

— Mais je ne le sais pas moi-même, ma chère, répondit M. d'Avenel de plus en plus embarrassé. M. de Serquigny a lancé quelques allusions insignifiantes sur la possibilité d'un mariage entre toi et son jeune protégé. Ma femme a eu le tort d'y attacher trop d'importance.....

Mlle d'Avenel ne songeait même pas à dissimuler son émotion.

— Je m'explique beaucoup de choses, maintenant, fit-elle. Le brusque départ du colonel et de M. Vaubarel, l'accueil fait par Geneviève à certaines ouvertures me concernant. Franchement, Mme d'Avenel aurait dû d'abord consulter la principale intéressée.

— Tu exagères, Suzanne. Tout s'est borné à des propos sans importance.

— On a découragé ces messieurs dès les premiers mots.....

— Mais enfin, interrompit Georges avec impatience, tu aurais donc accueilli une pareille demande?

— Que puis-je te répondre? dit Suzanne. Le lieutenant Vaubarel possède des qualités et des mérites personnels suffisants pour qu'on examine tout au moins sa candidature.

— Il n'a ni nom ni patrimoine.....

— Ne suis-je pas suffisamment riche pour passer facilement sur cette dernière question? riposta la jeune fille. Quant à la particule, elle constitue un mince avantage ; la véritable noblesse consiste surtout dans l'élévation du cœur et des sentiments.

— Quelle petite révolutionnaire! dit Georges. As-tu fait, par hasard, cette belle profession de foi au colonel?

— Je ne crois pas le lieutenant capable d'essayer d'entrer dans une famille où il ne trouverait que dédains et froissements, repartit Suzanne. Tu peux dormir tranquille.

Et des larmes longtemps contenues jaillirent des yeux de la jeune fille.

— En vérité, Suzanne, tu me désoles, dit Georges. Certes, Vaubarel est un charmant garçon, mais je n'aurais jamais pensé que tu te fusses ainsi attachée à lui.

Déjà Mlle d'Avenel s'était ressaisie et, essuyant ses yeux, elle reprit avec un pâle sourire :

— Mon cher Georges, pardonne-moi ce moment de faiblesse. J'ai assez le sentiment de ma propre dignité pour ne rien laisser voir de ce qui se passe en moi. Seulement, il est de plus en plus utile que je fasse une absence. Laisse-moi donc partir avec la Sœur Saint-Joseph.

— C'est, je crois, en effet, le meilleur parti à prendre pour l'instant, dit M. d'Avenel après une minute de réflexion. Par exemple, je ne t'accorde pas plus de six semaines de vacances.

— Veux-tu te charger de prévenir Geneviève de mon départ?

— Certainement. J'y vais de ce pas.

— Merci. Je remonte dans ma chambre pour écrire à Mlle d'Estizac et lui annoncer ma prochaine arrivée.

Le frère et la sœur se séparèrent, et tandis que Suzanne s'engageait dans l'escalier, M. d'Avenel entrait dans le salon. Au bruit de la porte, Geneviève, assise devant le piano, se retourna, et tendant la main à son mari :

— Enfin, vous voilà, Georges, dit-elle. Je me demandais ce que vous étiez devenu.

— Je causais avec Suzanne, répondit M. d'Avenel.

— Eh bien! avez-vous réussi à lui faire entendre raison?

— A quel propos?

— Mais sur la question mariage. Si M. de Chastenay lui déplaît si fort, nous ne pouvons la forcer à l'épouser. Aujourd'hui, il se présente un nouveau parti, et avec ses idées romanesques elle semble vouloir attendre je ne sais quel prince charmant.....

— Vous ne prenez pas au sérieux la démarche de l'Israélite Furster? interrompit Georges, fronçant le sourcil.

— Mais si, mais si, dit Geneviève. Cette proposition mérite d'être examinée.

— Ah! reprit Georges, railleur. Vous mettez plus de formes avec les étrangers qu'avec vos compatriotes.

— Quoi! vous me tenez encore rigueur à propos de ce petit lieutenant?

— Pardon, Geneviève, reprit M. d'Avenel avec fermeté. Je ne veux pas revenir sur ce fâcheux incident. Mais je ne m'explique pas qu'aujourd'hui vous ne soyez pas d'accord avec moi et avec Suzanne, d'ailleurs, pour repousser immédiatement la présomptueuse demande de M. Furster.

— Enfin, mon cher, papa m'a fait ressortir tous les avantages de cette union. A défaut de la noblesse dont Suzanne fait fi en repoussant M. de Chastenay, votre sœur serait placée parmi les femmes les plus riches de Paris, et cette considération en vaut une autre.

— Et la différence de religion?

— A cet égard, ces messieurs ont prévu l'objection. M. Moïse Furster est prêt à abjurer le judaïsme et à se faire baptiser.

— Assez, Geneviève, assez, interrompit Georges. A notre époque, je le sais, l'orgueil du nom passe pour un sentiment suranné. Cependant, il est des origines, des traditions qu'on ne saurait renier sans forfaire à l'honneur. La famille d'Avenel a toujours été chrétienne et française, et sa descendante ne deviendra jamais l'épouse d'un fils de Juda.

Geneviève haussa les épaules.

— Vous n'êtes pas de votre temps, mon pauvre Georges, dit-elle. Les rêveries éthérées de Suzanne se mêlent, chez vous, à un fond de préjugés gothiques. L'argent est maintenant le roi du monde. Seul, il donne l'indépendance inséparable du véritable bonheur. Quand on peut y joindre d'autres avantages, alors la dose de félicité s'en augmente d'autant. C'est pourquoi j'engageais votre sœur à choisir M. de Chastenay. Elle n'a pas voulu me croire, n'en parlons plus. Cependant, elle aurait encore une ample compensation en épousant un homme qui deviendra l'un des princes de la haute banque parisienne.

M. d'Avenel frappa du pied.

— En vérité, Geneviève, dit-il, vous jouez un jeu dangereux. Nous ne parlons plus la même langue. N'aurions-nous plus les mêmes aspirations? Vous êtes chrétienne, cependant?

— Mais, sans doute. Si je n'ai pas la piété fervente de votre sœur, je tiens néanmoins à rester catholique.

— Vous êtes Française aussi. Comment ne comprenez-vous pas, dès lors, quel enfer doit être une union entre deux époux de races, de croyances et de sentiments diamétralement opposés? Et les enfants élevés dans cette atmosphère de luttes intestines, quel sera leur avenir? Ah! croyez-moi, Geneviève, ma sœur, aurait-elle des millions et des milliards à sa disposition, ne saurait trouver le bonheur dans une semblable union.

— Vous avez raison, Georges, dit d'un air convaincu Mme d'Avenel. Je ne songeais pas à toutes ces conséquences. Oubliez mes réflexions de tout à l'heure, et attendons une meilleure occasion pour marier Suzanne.

— A la bonne heure! ma chère amie, je vous retrouve. Maintenant, j'ai une autre communication à vous faire : Suzanne part après-demain pour Lourdes, avec la Sœur Saint-Joseph.....

— Comment! interrompit Geneviève, pourquoi ce nouveau caprice?

— Notre cousine d'Estizac réclame ma sœur à cor et à cri.

— Mais le mariage de M. de Verneuil? Suzanne part pour s'y dérober.....

— Et quand cela serait, ma chère Geneviève? Vous le disiez vous-même à l'instant, nous ne pouvons forcer ma sœur à épouser M. de Chastenay. Inutile, dès lors, de laisser celui-ci se bercer d'illusions décevantes. J'ai promis à notre sœur que nous irions la chercher au mois de décembre.

Geneviève eut un geste d'insouciance.

— A cet égard, nous ferons ce que vous voudrez, dit-elle. Il est désirable, cependant, que Mlle d'Avenel se marie le plus tôt possible.

— Prenez patience, chère amie. Cette séparation momentanée vous sera salutaire à toutes deux.

Georges sortit sur ces paroles, jugeant inutile d'apprendre à sa femme que Suzanne connaissait son attitude envers M. de Serquigny et le lieutenant Vaubarel.

Un peu plus tard, M. et Mme Doutrebois et M. et Mme d'Avenel quittaient à leur tour Fresnières pour regagner Paris.

En arrivant à la banque, M. Doutrebois se rendit immédiatement dans le cabinet particulier de son honorable associé, James Furster. En le voyant entrer, celui-ci leva la tête, et d'un air maussade :

— Ah! vous arrivez bien, dit-il. Je viens de recevoir une lettre de votre gendre. Sa sœur ne veut pas se marier pour le moment. Pensez-vous que Moïse ait quelques chances de succès?

— Dame! J'ai travaillé de toutes mes forces en votre faveur, mais Suzanne et son frère ont des idées préconçues sur beaucoup de points.

— Comment avez-vous choisi un gendre de cette trempe?

— On n'écoute guère les pères de famille quand les enfants se marient. Geneviève et M. d'Avenel se sont rencontrés je ne sais où, et dès que la demande a été faite, ma fille et sa mère ont été enthousiasmées. Du reste, je n'aurais pas eu d'objections sérieuses à formuler contre ce magnifique parti.

— N'a-t-il pas été question de mariage entre Mlle d'Avenel et l'un des amis de son frère?

— Non. L'un de ces messieurs avait, en effet, présenté une demande, mais Suzanne l'a impitoyablement refusé.

— Décidément, la demoiselle est difficile. Elle va passer l'hiver à Lourdes, me dit son frère?

— Oui, chez une vieille parente qui leur laissera encore trois ou quatre cent mille francs à partager entre eux deux.

— Comme cela aurait pourtant convenu à Moïse! reprit James Furster en soupirant..... Que faites-vous de votre beau-frère, le colonel?

— Il nous a quittés il y a dix ou douze jours, en même temps que son protégé.

— Ah! oui, ce petit lieutenant..... Comment le nommez-vous?

— Le lieutenant Vaubarel.

James bondit sur son fauteuil.

— Vous dites?.....

— Le lieutenant Vaubarel, répéta le banquier. Le connaîtriez-vous?

— Oui..... c'est-à-dire..... il doit y avoir une similitude de noms, reprit James avec la même agitation. Où habite la famille de cet officier?

— Il a perdu son père il y a quelques années. Sa mère demeure entre Nantes et Angers, dans le petit bourg de La Possonnière.

M. Furster laissa tomber ses bras.

— C'est cela; c'est bien cela, dit-il d'une voix sourde. Et le colonel est parti avec lui?

— Il est même encore à La Possonnière. Je ne comprends rien à votre trouble!

— Vous me comprendrez assez vite, répliqua James de plus en plus sombre. Ah! il y a décidément d'étranges rencontres dans la vie.....

— Enfin, expliquez-vous.....

— Non, riposta nettement Furster. En ce moment, je ne puis vous dire que ceci : vous et moi, nous côtoyons un abîme insondable.....

— Allons, décidément, vous me gardez rancune de l'échec de votre neveu et vous voulez m'effrayer, reprit M. Doutrebois. Mais la mèche est éventée et vous en serez pour vos frais d'imagination.

— Oh! après tout, croyez ce que vous voudrez. J'ai autre chose à faire que d'écouter vos sornettes, s'écria tout à coup James Furster en se levant avec impatience. Il est 3 heures. Je n'ai que le temps de me rendre à la gare.

— Vous partez? Quand reviendrez-vous?

— Je n'en sais rien. Au revoir.

Et, laissant M. Doutrebois complètement abasourdi, James Furster s'élança sur le boulevard, et, hélant le premier fiacre disponible :

— Gare Saint-Lazare, au galop! cria-t-il au cocher.

Quelques minutes plus tard, le financier mettait pied à terre et se dirigeait vers un guichet de la gare :

— Un billet pour La Possonnière, dit-il en jetant un louis de cinquante francs sur la tablette.

Prenant à peine le temps de ramasser la monnaie, il se précipita dans un wagon à l'instant où la locomotive se mettait en marche.

X

SUR UNE TOMBE

Les habitants de la maisonnette du bourg de La Possonnière dormirent peu durant la nuit qui suivit les révélations de Mme Vaubarel et la reconnaissance du père et du fils. Le colonel de Serquigny surtout était dans une profonde agitation. Après vingt-six années d'isolement, il retrouvait l'enfant si longtemps pleuré, et, chose quasi miraculeuse, ce fils était précisément l'officier intelligent et brave qui lui avait sauvé la vie.

Oh! comme son existence allait être transformée! Quelle joie de veiller sur ce fils déjà tant affectionné, de protéger son avancement, d'assurer son bonheur.

Car, le colonel en était certain, Suzanne aimait le lieutenant Vaubarel. Or, maintenant, Geneviève et Georges n'auraient plus aucun motif de refuser la main de leur sœur au capitaine Maurice de Serquigny, chevalier de la Légion d'honneur, descendant d'une vieille race et, par-dessus le marché, possesseur d'une jolie fortune.

— Certainement, d'une jolie fortune, accentua le colonel à voix haute, comme si, dans le silence nocturne, il réfutait un contradicteur invisible. Il faudra bien qu'Elie Doutrebois restitue l'héritage,

Après la perte de sa femme et de son fils, en effet, M. de Serquigny avait subi une autre épreuve, moins cuisante pour son cœur, mais aussi désastreuse dans ses conséquences matérielles. Lors de son départ pour l'Algérie, vers la fin de 1871, son beau-frère, avec une obligeance parfaite, lui avait offert de prendre en main l'administration du domaine de Fresnières et de toutes les valeurs qu'il laissait en France.

— Mais, mon cher Elie, avait répondu l'officier, sauf une petite propriété patrimoniale que je possède en Seine-et-Oise, toute notre fortune immobilière venait de ma pauvre Valentine et appartient maintenant à sa sœur.

— Non, non, répliqua vivement le banquier. Rien jusqu'à nouvel ordre ne sera changé à nos situations respectives. Un jour ou l'autre, nous retrouverons Mme de Serquigny et son fils, et vous devez conserver, au contraire, les biens leur appartenant.

Le rusé personnage n'avouait pas que, le délai nécessaire pour obtenir la déclaration d'absence de la légitime propriétaire de Fresnières étant loin d'être expiré, il voulait surtout conserver un pied dans la place afin, le moment venu, de pouvoir devenir maître absolu de la situation.

Tout à fait ignorant des questions de droit et de procédure, ayant, d'ailleurs, une confiance entière en son beau-frère, M. de Serquigny signa aveuglément toutes procurations et pouvoirs nécessaires. M. Doutrebois, au début, remplit ses fonctions de mandataire avec une exactitude et un zèle irréprochables. Tous les trimestres, il envoyait à son beau-frère des sommes importantes. Peu à peu, cependant, les envois s'espacèrent.

Un beau matin de 1881, M. de Serquigny, retenu en Tunisie, reçut une lettre d'un avoué parisien. Celui-ci lui apprenait les poursuites entamées pour la déclaration d'absence de Mme Valentine de Serquigny et de son fils, à la requête de M. Doutrebois, agissant au nom de sa femme, sœur et unique héritière de ladite dame de Serquigny, ainsi que la demande faite par les époux Doutrebois de l'envoi en possession provisoire des biens meubles et immeubles appartenant aux absents.

L'officier, surpris de cette nouvelle attitude de son beau-frère, lui exprima assez vertement son mécontentement.

— Je rentrerai en France prochainement, lui écrivit-il, pourquoi ne pas attendre mon arrivée afin de régler la situation?

Par retour du courrier, M. Doutrebois répondit que, dix années s'étant écoulées depuis la disparition de Mme de Serquigny et de Maurice, il fallait remplir les formalités sauvegardant les intérêts de l'héritière légitime, « d'autant plus, ajoutait le banquier, que, malgré mes avertissements, vous avez toujours dépensé des sommes supérieures à vos revenus. En dépit de l'affection que je vous porte, mon devoir de père de famille et de chef de la communauté m'oblige à prendre des mesures rigoureuses pour arrêter ces gaspillages ».

Un compte joint à cette missive relatait les recettes et dépenses effectuées depuis dix ans par M. Doutrebois, pour son beau-frère, et se soldant par une balance d'une vingtaine de mille francs en faveur du banquier.

Stupéfait, indigné, M. de Serquigny ne prit même pas la peine de relever les erreurs dont fourmillait cet étrange grimoire. Et, pendant plus de douze ans, rompit toutes relations avec la famille Doutrebois.

Maintenant, les rôles étaient changés. Maurice vivait, seul héritier de sa mère, il allait pouvoir revendiquer, à son tour, les biens et les valeurs dont s'était emparé M. Doutrebois. Oh! la chose n'irait pas toute seule. Sans doute, Louise serait enchantée de retrouver le fils de la sœur qu'elle avait tant pleurée. Mais le banquier, mais Geneviève elle-même, se résoudraient-ils facilement à restituer ce beau domaine de Fresnières dont ils avaient, depuis si longtemps, la jouissance exclusive?

Le colonel tournait ces pensées dans son cerveau fatigué. L'aube commençait à blanchir les carreaux de la fenêtre, et le son grave d'une cloche retentissait au dehors. Dans la chambre voisine, on entendait un bruit de pas sur le parquet. Le vieil officier frappa un coup à la cloison.

— Est-ce toi, Maurice? demanda-t-il.

— Oui, père, répondit la voix du jeune lieutenant. Puis-je entrer?

— Sans doute, viens vite.

La porte de la chambre s'ouvrit et Maurice de Serquigny, s'approchant du lit, embrassa affectueusement le colonel.

— Je serais venu plus tôt si je n'avais craint de vous réveiller, dit-il.

— Il y a longtemps que je ne dors plus. Mais toi-même, pourquoi es-tu si matinal?

— Père, nous sommes à la Toussaint, l'une de nos grandes fêtes catholiques, et je voudrais assister à la première messe.

Le colonel se redressa.

— Tu es chrétien pratiquant, dit-il d'un accent singulièrement mélancolique. J'ai remarqué cela depuis longtemps.

— C'est vrai, mon père. Laissez-moi vous dire que la pratique de mes devoirs religieux m'a toujours aidé à accomplir exactement mes autres obligations.

— Tu as parfaitement raison, Maurice. Je suis heureux de te voir dans ces dispositions. Quant à moi, les épreuves et les soucis de ma longue carrière m'ont un peu éloigné de l'église, mais la foi n'est qu'endormie au fond de mon cœur.

— Eh bien! père, si vous veniez aujourd'hui avec moi remercier Dieu de la grande joie de notre réunion? reprit Maurice.

— Je le ferais volontiers, mais ai-je le temps? La cloche a cessé de sonner.

— Ce n'est que le premier son. Nous avons un grand quart d'heure devant nous.

— C'est plus qu'il ne m'en faut pour m'habiller. Dans un instant, je suis à toi.

Bientôt les deux officiers franchissaient le seuil de la modeste église angevine déjà remplie d'une foule recueillie. Leur entrée produisit même une certaine sensation.

Oh! certes, elle fut fervente l'action de grâces qui s'échappait de leurs cœurs, et, dans la joie intime dont leurs âmes étaient pleines, ils comprirent mieux la vérité et la beauté de l'Evangile des Béatitudes, rappelé et commenté dans une courte instruction par le curé de la paroisse.

A la sortie de la messe, le colonel, guidé par le lieutenant, s'engagea avec lui dans une étroite rue tournant à gauche.

— Où allons-nous? demanda le vieil officier surpris.

— Voulez-vous venir un moment sur la tombe de ma mère? répondit Maurice.

— Mon enfant, je n'osais t'en parler, reprit le colonel. Pouvais-je espérer, après plus de vingt-cinq ans, revoir cette chère tombe?

— Vous savez qu'on avait retrouvé plus de quinze cents francs dans le sac de voyage, dit le lieutenant. Avec une touchante délicatesse, M. et Mme Vaubarel ont prélevé sur cette somme le prix d'un terrain à perpétuité, afin que je pusse toujours reconnaître la sépulture de ma mère.

— Les braves gens! murmura le colonel ému.

Ils étaient entrés dans l'enceinte du cimetière. Ce matin-là, l'humble nécropole avait revêtu une vraie parure de fête. MM. de Serquigny arrivèrent auprès d'une tombe entourée d'une simple grille peinte en noir. Des chrysanthèmes d'une éclatante blancheur en garnissaient le centre, et de cette corbeille fleurie émergeait une croix en fonte avec une petite plaque portant cette inscription :

15 novembre 1870. — Une prière pour elle!

Le colonel tomba à genoux et s'absorba dans une douloureuse méditation. Se relevant enfin, il dit à son fils :

— Tu as bien fait de m'amener ici, Maurice. Pour la première fois depuis le jour où je quittai Fresnières, afin d'aller rejoindre l'armée de l'Est, j'ai entendu la voix de ta mère.

Et comme Maurice faisait un geste :

— Tu vas me comprendre, continua-t-il. Je te le disais ce matin, jadis, j'étais un chrétien pratiquant, et, du reste, Valentine, la chère sainte, n'aurait jamais choisi un époux irréligieux. Quand je revins de l'Allemagne, j'étais convaincu que ma femme et mon cher petit enfant me seraient rendus. Dans la ferveur dont j'étais animé, je promis un pèlerinage d'actions de grâces à Lourdes. Hélas! ce succès ne vint point, et alors, non seulement je ne fis pas le pèlerinage en question, mais j'en vins à douter de la bonté de Dieu et de sa justice. Aujourd'hui seulement je reconnais combien je fus coupable. Tout à l'heure, ta mère m'a reproché mon indifférence religieuse ; elle m'a dit que notre séparation ne serait plus bien longue désormais.....

— Père, interrompit le lieutenant, ma mère doit vous avoir dit aussi que le fils, séparé de vous depuis tant d'années, a besoin de vous garder longtemps, bien longtemps auprès de lui.

— Oh! sois tranquille, mon enfant. Si je veux reprendre la voie qui me rapproche de la chère épouse disparue, je ne t'oublie pas, toi, ma consolation, ma joie suprême ici-bas. Pour te prouver combien je suis heureux de t'avoir retrouvé, je veux aussi faire avec toi ce pèlerinage de Lourdes promis depuis si longtemps. Que penses-tu de mon idée?

— Mon père, vous me rendez le plus heureux des hommes, répondit Maurice avec feu. Quand partirons-nous?

— Cette semaine, probablement.

L'entretien des deux officiers fut interrompu par l'arrivée de Mme Vaubarel. M. de Serquigny lui exprima avec une affectueuse expansion toute sa gratitude pour les soins délicats dont elle avait entouré, non seulement l'enfance de l'orphelin, mais jusqu'à la tombe de la pauvre étrangère.

— Ne me remerciez pas, Monsieur, je vous en prie, dit Mme Vaubarel. Notre conduite a été toute naturelle, et, pourvu qu'il me reste une petite part de votre affection et de celle de Charles....

— Une petite part, mère, tu n'es guère exigeante, répliqua le lieutenant en riant. Je compte te garder toujours, dans mon cœur, une place de choix.

— Chère dame, ajouta le colonel, je vous considère maintenant comme faisant partie de la famille, et je vous prie de vouloir bien nous accompagner à Lourdes où nous irons d'ici quelques jours.

Les yeux de Mme Vaubarel étincelèrent.

— Faire ce beau voyage avec vous, Monsieur le colonel, oh! quel bonheur!

— Nous pourrions peut-être même partir demain, fit observer Maurice.

— Non, mon ami. Nous avons certaines dispositions à prendre. Dès aujourd'hui, je vais commencer les démarches nécessaires pour te restituer ton identité.

— C'est donc bien difficile de rendre à Charles son véritable nom? demanda Mme Vaubarel.

— Je ne sais pas au juste, mais les formalités doivent être assez nombreuses, répondit le colonel.

— Nous aurons aussi une autre enquête non moins importante à faire, reprit le lieutenant soudainement assombri. Il faudra bien essayer de percer le mystère qui plane sur la mort de ma pauvre mère.

— Comme toi, j'y songe, dit le colonel d'une voix grave. Mais, après un si long espace de temps, retrouverons-nous les coupables? C'est le secret de Dieu.

Dès le jour même, le colonel rendit visite à l'ancien maire de La Possonnière et à divers autres témoins du drame du 15 novembre 1870. Ce fait un véritable émoi dans la paisible petite localité quand on apprit que Charles Vaubarel, considéré par tous comme un enfant du pays, était le fils d'un officier supérieur appartenant à une noble famille. Dès le lendemain, le père et le fils se rendirent à Angers où ils allèrent d'abord prendre conseil chez un avocat en renom.

— Avez-vous déjà écrit à M. Doutrebois? demanda l'avocat au colonel.

— Le temps m'a manqué, mais je compte le faire ce soir.

— Croyez-moi. Attendez, avant de le prévenir, que la procédure soit commencée. Une fois l'affaire engagée officiellement, les fausses manœuvres, les calomnies, les oppositions de tout genre, en un mot, seront beaucoup moins à craindre. Je vais d'abord faire inscrire votre demande.

— Soit, dit le colonel. Je m'abandonne à votre direction.

XI

LES FRÈRES TROIS POINTS

M. James Furster avait l'habitude des voyages. Mais jamais il n'avait trouvé le temps si long que dans ce train qui, parti de la gare Saint-Lazare à 3 h. 40, l'entraînait vers le pays angevin. La nuit vient vite dans les premiers jours de novembre. L'obscurité, mal combattue par une lampe fumeuse, avait promptement envahi le wagon de seconde où l'honorable associé de M. Doutrebois avait pris place. Une pensée l'absorbait, et, à chaque arrêt du train, il la traduisait par cette phrase :

— Quand arriverons-nous? Jamais on n'a marché avec cette lenteur!

De fait, il était plus de 10 heures quand on atteignit La Possonnière. Sautant à bas de son wagon, M. Furster traversa la gare, et, remettant son billet à l'homme placé à la porte extérieure :

— Pourriez-vous m'indiquer l'hôtel Vaubarel? lui demanda-t-il.

— Vous voulez parler probablement de l'hôtel de la *Descente des Voyageurs*, répondit l'employé. C'est là, droit en face.

James sortit dans la cour plongée dans une profonde obscurité, et il lui fallut quelques instants pour s'orienter. Une lueur, partant d'une maison placée de l'autre côté de la route, lui servit de phare. Il se dirigea vers cette clarté opportune, ouvrit une porte vitrée et demanda d'une voix vibrante :

— L'hôtel de la *Descente des Voyageurs*?

— C'est ici, M'sieu. Entrez, s'il vous plaît, dit une vieille femme d'une soixantaine d'années, à demi assoupie sur le coin d'une table.

— Je voudrais parler à M. Vaubarel.....

— Pierre Vaubarel, interrompit la femme. Ah! M'sieu, va y avoir trois ans à la Saint-Jean qu'il est dans le *semetière*.

— Ah! diable! Je ne savais pas ça ; mais Mme Vaubarel est ici, je pense?

— Eh non, vraiment, M'sieu ; sitôt qu'elle a été veuve, elle a vendu l'hôtel à mon fils, Jean Guitton. Al' demeure dans le bourg, à présent.

Un énergique juron s'échappa des lèvres de M. Furster.

— Encore un contretemps! murmura-t-il. Est-il loin, ce bourg?

— A une demi-lieue d'ici.

James fit la grimace. La perspective d'une course nocturne dans cette campagne déserte ne lui souriait nullement.

— Il y a sans doute une voiture pour s'y rendre? demanda-t-il.

— Oui, dans la journée, mais la correspondance ne marche pas pour les trains du soir. Si mon fils était là, il aurait pu vous y conduire. Seulement, il ne rentrera qu'à minuit.

Décidément, la situation se compliquait. La vieille hôtelière lut sans doute, sur le visage du voyageur, un désappointement trop évident.

— Si vous avez à causer à Mme Vaubarel, dit-elle, vous ne pourrez pas la voir ce soir ; il est trop tard. Vous feriez mieux de coucher ici. Jean va rentrer, et demain matin vous vous arrangerez avec lui pour aller au bourg.

Le conseil de la brave femme était sage. D'ailleurs, M. James Furster commençait à sentir de violents tiraillements d'estomac. Il se fit servir une omelette au jambon arrosée d'une bouteille de vin d'Anjou, et, après ce repas sommaire, on le conduisit au premier étage, dans la plus belle chambre de l'établissement ; celle-là même où, vingt-six années auparavant, la malheureuse Valentine de Serquigny avait rendu le dernier soupir.

Cette coïncidence ne fut nullement la cause de l'insomnie persistante qui, durant cette longue nuit, affligea l'honorable M. James Furster. Mais il avait été réellement bouleversé en apprenant que Charles Vaubarel et le jeune fils de M. de Serquigny ne faisaient qu'une seule et même personne.

Sans doute, il savait, grâce aux publications faites par les soins du maire de La Possonnière, que l'orphelin avait été recueilli par l'hôtelier Vaubarel. A deux ou trois reprises, des informations discrètes lui révélèrent que le jeune homme avait embrassé la carrière militaire. Mais ses renseignements s'arrêtaient là, et il s'était peu à peu habitué à caresser l'espérance que le mystère le plus complet ne cesserait pas d'envelopper le terrible drame de 1870. Quatre années à peine, d'ailleurs, devaient s'écouler avant que la prescription n'apportât définitivement la paix et la tranquillité aux deux associés, soit pour la recherche de l'auteur du crime, soit pour la possession paisible du riche domaine de Fresnières.

Soudain, tout était remis en question.

Oh! sans doute, James Furster pouvait tenir tête à l'orage. Mais, avant tout, il fallait se mettre exactement au courant de la situation, et voilà pourquoi le financier attendait avec tant d'impatience la fin de cette interminable nuit.

Dès 7 heures du matin, il descendit dans la salle basse de l'hôtel où Jean Guitton, le maître du logis, était en train de dévorer une gigantesque tartine de pain beurré, tandis que sa femme allumait le fourneau de la cuisine. A la vue du voyageur, il se leva respectueusement.

— C'est vous, Monsieur, qui voulez aller à La Possonnière? m'a dit ma mère.

— Oui.

— Dans un quart d'heure, la voiture sera attelée. Mais ne prendrez-vous pas une tasse de café avant de partir?

— Si, très volontiers.

L'hôtelière, posant une nappe blanche sur une petite table, se mit en devoir de servir le voyageur.

— Vous pourriez peut-être, reprit ce dernier, me donner quelques renseignements utiles. Mme Vaubarel a un fils officier, je crois?

— Oui, Monsieur. Un beau et brave gars, allez! Il mérite bien la bonne fortune qui lui arrive.

— Ah! oui, je sais, fit négligemment Furster. J'ai entendu parler de cette histoire. Il a sauvé la vie à un officier supérieur.

— Oui, mais maintenant M. de Serquigny a encore bien plus de raisons de s'occuper de Charles, puisque c'est son propre fils, repartit le maître d'hôtel.

M. Furster faillit renverser la tasse de café déposée devant lui. M. et Mme Guitton ne s'étonnèrent point de son trouble, car, depuis huit jours, les commentaires et interprétations de tout genre ne tarissaient point dans la gentille bourgade, à propos de cette extraordinaire aventure. James dut subir le récit détaillé d'événements trop connus de lui. Sa pensée errait ailleurs, du reste. Tout à coup, interrompant son interlocuteur :

— Et cette pauvre dame Vaubarel? dit-il. Le plus sûr, c'est qu'elle va être séparée de son fils adoptif.

— Elle s'en consolera en le voyant devenir si riche, répondit Mme Guitton. Le colonel est millionnaire, paraît-il.

— Ça ne lui mettra pas beaucoup dans sa poche, à elle, fit remarquer Furster.

— Oh! que si. A l'heure actuelle, du moins, ils s'entendent tous à merveille, puisque Mme Vaubarel est partie hier soir pour les Pyrénées avec M. de Serquigny et Charles.

— Tiens! dit James Furster avec une surprise très réelle, que vont-ils faire par là?

— On ne sait pas au juste; moi, je crois qu'ils vont à Lourdes.....

— Mais enfin, ce petit Vaubarel n'est pas encore reconnu officiellement pour le fils de Serquigny, interrompit le financier.

— Non, mais ça ne tardera pas, repartit Jean Guitton. M. le maire a déjà envoyé toutes les pièces au Palais de Justice.

James Furster ne pouvait maintenant rien apprendre autre chose à La Possonnière. Se levant brusquement, il jeta une pièce de vingt francs sur la table.

— Vite, ma note, dit-il. Je prends le premier train pour Angers.

— Et votre course au bourg?

— J'avais une communication à faire à Mme Vaubarel. Vous venez de me dire qu'elle est absente.

— Laissez-nous, du moins, votre nom. Nous lui ferons part de votre visite à son retour, reprit l'hôtelière.

— C'est inutile ; elle ne me connaît pas. Dépêchons-nous, répliqua James.

Un quart d'heure plus tard, l'associé de M. Doutrebois reprenait en sens inverse le chemin déjà suivi par lui la veille. Mais il s'arrêtait à Angers.

En sortant de la gare, il entra dans un café, demanda une consommation et un annuaire ; puis, après avoir pris quelques indications sur les divers quartiers de la ville, il sortit, traversa les boulevards et s'arrêta sans hésiter devant un hôtel situé à côté de la promenade du Mail.

— M. Gendron est-il visible? demanda-t-il à la soubrette accourue à son coup de sonnette.

— Je ne crois pas, Monsieur. Il y a audience aujourd'hui, et Monsieur n'a pas encore déjeuné.

— Il s'agit d'une affaire de la plus haute importance. Voici ma carte.

Le ton impérieux du visiteur en imposa sans doute à la jeune servante. Elle s'éloigna et reparut presque aussitôt en invitant James à entrer dans un cabinet de travail.

— Monsieur Gendron, dit-elle, ne veut pas vous faire revenir puisque vous êtes étranger.

— C'est bien, répondit Furster.

Il demeura seul quelques instants, puis la porte s'ouvrit de nouveau pour livrer passage au maître du logis.

C'était un type extraordinairement connu dans toute la région angevine que ce M. Gendron. Juge au tribunal civil de première instance et chevalier de la Légion d'honneur, ses fonctions lui assuraient une certaine influence. Mais, hélas! il passait pour ne suivre que de fort loin les traditions des d'Aguesseau, des de Ségur et de tous les magistrats intègres des siècles passés.

Les ennemis de M. Gendron ou de ses amis avaient cent fois raison de trembler lorsque leur mauvaise chance les amenait dans le sanctuaire de dame Thémis, sous la coupe du redoutable magistrat. Par exemple, on était certain de conquérir ses bonnes grâces si l'on pouvait lui susurrer à l'oreille les mots de passe en usage dans les officines du Grand-Orient et de ses succursales.

Ce personnage était l'un des grands chefs de la maçonnerie, et c'est pour cette raison que, en arrivant dans la bonne ville d'Angers, M. James Furster avait d'abord cherché l'adresse de ce magistrat modern-style.

A la vue de M. Gendron, le financier s'avança vers lui, et les deux hommes échangèrent une étreinte symbolique.

— Je regrette, Monsieur le juge, de vous déranger ainsi au milieu de vos importantes occupations, dit M. Furster ; mais il s'agit d'une affaire urgente, au sujet de laquelle vous pouvez nous rendre d'immenses services.

— A vos ordres, mon cher, répondit courtoisement le magistrat.

— On a dû recevoir au Parquet les pièces relatives à une reconnaissance d'enfant perdu et retrouvé non loin d'ici....

— Ah! oui, l'affaire de Serquigny-Vaubarel, interrompit M. Gendron. C'est très curieux, et un auteur habile trouverait dans cette histoire la matière d'une amusante pièce de théâtre.

— Amusante..... pour le spectateur, peut-être, mais non pour certains des principaux acteurs qui devraient restituer des biens dont ils jouissent paisiblement depuis un quart de siècle.

— C'est fâcheux pour eux, j'en conviens, mais les faits de la cause sont absolument probants et les droits du jeune homme tout à fait incontestables.

— Vous savez déjà cela?

— Oui. D'ailleurs, tout le monde, ici, est du même avis.

— Alors, si vous êtes nommé rapporteur, vous conclurez à la reconnaissance des droits de Maurice de Serquigny?

— Certainement. Par exemple, un point reste très obscur. Mme de Serquigny a été assassinée..... Mais quel est le coupable? Quand et comment pourra-t-on le retrouver?

James Furster était fort mécontent de la tournure de l'entretien. Soit par bravade, soit pour dissimuler son trouble, il reprit d'un ton sarcastique :

— Oh! la justice saura bien mettre la main sur l'assassin.

— Après tant d'années, c'est difficile, je vous assure, repartit le juge avec indifférence. Il est vrai que nous serons puissamment secondés par le mari, et surtout par le fils de la victime. Ils ont juré de remuer ciel et terre pour découvrir le ou les auteurs de l'assassinat.

James Furster blêmit. Soudain, se redressant, il reprit d'une voix impérieuse :

— Il est temps de vous exposer le but de ma visite, Monsieur le juge. Il ne faut pas, vous m'entendez bien, il ne faut pas que l'identité de Maurice de Serquigny soit reconnue.

M. Gendron ouvrit de grands yeux.

— Comment cela? balbutia-t-il.

— L'intérêt supérieur de notre cause, continua le financier, exige que la fortune de Valentine de Serquigny reste dans les mains de sa sœur, ou, plutôt, de son beau-frère Doutrebois.

Et comme pour accentuer ses paroles, James Furster s'était levé et avait porté la main gauche, largement ouverte, sur sa poitrine, et la main droite à son front, M. Gendron, impressionné par ce signe de détresse, essaya néanmoins quelque résistance.

— Suivant le procureur de la République, les droits de ce jeune homme sont absolument établis, dit-il. Par ailleurs, je ne sache pas que ce Doutrebois soit un des nôtres.

M. Furster haussa les épaules.

— Vous savez bien, reprit-il, que nous choisissons souvent nos plus utiles instruments en dehors de l'association. Doutrebois a toujours été, sans le savoir, un de nos auxiliaires les plus actifs. En outre, il est mon associé, et sa ruine aurait une répercussion fâcheuse sur ma propre situation.

Cette fois, M. Gendron s'inclina.

— Vous avez bien fait de m'expliquer tout cela, dit-il. La cause va être appelée incessamment. Je vais dresser mes batteries en conséquence.

M. Furster laissa échapper un soupir de soulagement.

— Alors, nous comptons sur vous, reprit-il.

— Parfaitement. Retournez-vous à Paris?

— Ce soir même, nous avons réunion rue Cadet.

— Rappelez-moi au souvenir de tous nos Frères.

— Je n'y manquerai pas, et je serai heureux de leur apprendre avec quel zèle vous défendez, partout et toujours, notre grande cause.

Et après de nouvelles salutations d'un genre particulier, les deux compères se séparèrent.

XII

A LA GROTTE DE LOURDES

Lourdes!

Est-il en France une autre ville dont le nom évoque autant l'attention? Est-il un nom qui fasse autant palpiter le cœur, non seulement des catholiques et des croyants, mais aussi des incrédules et des athées? Chez les premiers, cette seule appellation éveille le souvenir de l'apparition de la Vierge bénie, des miracles éclatants, des cérémonies brillantes, des grâces sans nombre obtenues par les multitudes qui, depuis un demi-siècle, viennent, sans trêve ni relâche, affirmer leur foi et implorer la miséricorde divine en ce lieu choisi par la Mère du Tout-Puissant. Dans le camp des adversaires du christianisme, au contraire, la pensée de Lourdes excite une sorte de rage satanique. Ils se demandent avec stupeur comment, à une époque de progrès à outrance, à la fin du siècle archiscientifique qui a donné au monde la vapeur, l'électricité, la dynamite, le téléphone, etc., on a pu voir cette recrudescence de foi, ce renouveau des pratiques religieuses, ce mouvement irrésistible, en un mot, qui entraîne vers Lourdes les foules de France et de l'univers entier.

Ne constitue-t-il pas, en effet, un spectacle extraordinaire, par ce temps de positivisme, cet élan de spiritualisme et de foi vers l'autel privilégié de la Vierge de Massabielle? N'est-il pas lui-même un vrai miracle?

Les colères et les rages des libres-penseurs s'émoussent devant l'attrait surnaturel qui pousse les chrétiens vers Lourdes, et plus d'un incrédule, parti là-bas la haine au cœur et le sourire de dédain sur les lèvres, a subi le charme mystérieux et, converti, transformé, s'est agenouillé devant la Grotte, éprouvant au fond de l'âme la joie céleste et toute surnaturelle du retour à la foi des jeunes années.

Dans ce nouveau paradis terrestre, les âmes croyantes sont, à plus forte raison, tentées de redire la parole prononcée par les apôtres sur le Thabor : « Seigneur, dressons ici notre tente. »

C'est probablement une impression de ce genre qui avait guidé Mlle Mireille d'Estizac, lorsque, vers 1880, elle avait quitté Toulouse, sa ville natale, pour se fixer définitivement à Lourdes, dans une maison située à peu de distance de la Grotte, sur les bords du Gave.

Mlle d'Estizac, à cette époque, avait à peine dépassé la trentaine, et elle jouissait d'une liberté complète. Grâce à ses qualités personnelles, à sa fortune assez rondelette et à l'honorabilité de sa famille, elle était encore l'objet de nombreuses demandes en mariage.

Mais un chagrin profond, un deuil inconsolable, avait brisé tous les projets d'avenir de Mlle Mireille. En 1870, à peine âgée de vingt ans, elle était fiancée à un jeune capitaine de cavalerie en garnison à Toulouse. Le mariage devait avoir lieu à l'automne, et les plus radieuses perspectives s'ouvraient devant les futurs époux. Puis, la guerre était venue, et le malheureux soldat tombait, frappé à mort, sur le champ de bataille de Gravelotte.

Veuve avant d'avoir été épouse, Mlle d'Estizac ne put effacer de son cœur le souvenir du fiancé disparu. Très pieuse, elle reporta sur Dieu, sur les pauvres, sur toutes les bonnes œuvres l'activité de son zèle et le trop-plein des tendresses de son âme. Devenue absolument libre par la mort de ses parents, elle s'enrôla dans la phalange des femmes dévouées qui, à Lourdes, se consacrent au soulagement des pèlerins malades et infirmes.

Quinze ans s'étaient écoulés depuis lors. Mlle d'Estizac n'avait abandonné qu'une seule fois, pendant deux semaines, l'œuvre à laquelle elle s'était consacrée, pour courir à Paris, au lit de mort de sa cousine germaine, Mme d'Avenel, la mère de Suzanne et de Georges.

Celui-ci avait épousé tout récemment Mlle Geneviève Doutrebois, et déjà, peut-être, mieux que le jeune époux absorbé par les douceurs de la lune de miel, Mme d'Avenel avait pu se rendre compte que sa fille ne trouverait pas chez sa belle-sœur le guide sûr et éclairé, si nécessaire pourtant à l'inexpérience de ses dix-huit ans. Aussi accueillit-elle sa cousine Mireille comme si son ange gardien en personne lui était apparu visiblement.

— Georges est bon et loyal, lui dit-elle. Il cherchera toujours, j'en suis sûre, le bonheur de sa sœur ; mais il ne peut suppléer la mère, confidente naturelle de toute jeune fille, dans la délicate et périlleuse occurrence du choix d'un époux. Geneviève est encore bien jeune, elle aussi. A vous, ma chère Mireille, de me remplacer, de veiller à ce que ma Suzanne, si bonne, si dévouée, choisisse un mari digne d'elle.

Mlle d'Estizac accéda à toutes les demandes de la mourante. Elle connaissait à peine ses neveux à la mode de Bretagne, avant cette douloureuse rencontre, mais ils lui inspirèrent une réelle sympathie, et elle les quitta, emportant la promesse formelle qu'ils viendraient prochainement lui rendre sa visite à Lourdes.

Mlle Mireille se demandait parfois comment elle pourrait jamais tenir l'engagement pris vis-à-vis de sa parente, quand, un matin, le facteur lui remit deux lettres timbrées de Fresnières.

L'une était de Suzanne et annonçait son arrivée à Lourdes sous trois jours.

Je profite d'une excellente occasion pour tenir enfin ma promesse de vous aller voir, ajoutait-elle. Au plaisir de vous retrouver, chère tante, s'ajoute pour moi un vif désir de vous consulter, de vous ouvrir mon cœur, afin que vous puissiez m'éclairer sur mes propres sentiments. Inutile de vous en dire davantage aujourd'hui, car nous aurons tout le loisir de causer longuement.

Georges d'Avenel, de son côté, écrivait à Mlle d'Estizac :

J'envie le bonheur de Suzanne qui va passer quelques semaines auprès de vous. Me permettriez-vous, chère tante, de vous faire une franche confession et de vous demander un service ?

Ma sœur a éprouvé, ces temps-ci, beaucoup d'émotions. Plusieurs demandes en mariage se sont produites ; elle les a toutes repoussées. Une seule me tentait, mais devant la répugnance de Suzanne, je n'ai pas osé insister.

Une circonstance fortuite nous a, d'autre part, mis en rapport avec un jeune officier, sans naissance et sans fortune, mais doué de grandes qualités. Il y a eu des propos échangés sur la possibilité d'une union entre lui et ma sœur. Geneviève a repoussé ces ouvertures avec beaucoup de précipitation, et même avec un dédain trop accentué. Par malheur, Suzanne semble avoir remarqué, plus que je ne l'aurais voulu, les qualités du lieutenant en question.

Je laisse à ma sœur le soin de vous raconter tout cela en détail. Je désirerais, ma bonne tante, savoir ce qui se passe au fond de son âme. Geneviève, en brusquant les choses, s'est mise dans l'impossibilité de provoquer les confidences de Suzanne, et pourtant, pourtant, son bonheur me tient trop au cœur pour que je ne cherche pas, par tous les moyens possibles, à m'éclairer, à m'édifier sur son état d'esprit.

J'ai pensé, chère tante, que vous voudriez bien nous aider soit à faire entendre raison à notre chère petite rebelle, soit, tout au moins, à nous donner votre précieux avis. Suzanne vous aime beaucoup et vous ouvrira son cœur comme elle l'aurait fait avec notre regrettée mère.....

Doublement investie de cette mission de confiance, Mlle d'Estizac accueillit Suzanne avec une véritable tendresse maternelle.

Il ne fut pas difficile à la bonne demoiselle d'entrer dans les vues de Georges. La jeune fille éprouvait un réel besoin d'épanchement et raconta à Mlle Mireille tout ce qui s'était passé récemment à Fresnières.

Elle retraça, non sans une pointe de malice, le portrait du naïf Gaston de Chastenay, ainsi que celui de l'Israélite Moïse Furster. Puis elle dit à Mlle d'Estizac :

— Georges désirait me voir accepter la main de son ami. Je vous affirme que j'eusse voulu agir selon ses vues, mais jamais, malgré tous mes efforts, je n'ai pu m'habituer à la pensée de ce mariage. Me donnez-vous tort, bonne tante ?

— Ma chère enfant, le désir de plaire à votre frère ne devait pas aller jusqu'à vous faire contracter une union contraire à vos goûts. Par exemple, je regrette vivement que dans la famille Doutrebois on se soit arrêté un seul instant à la pensée d'un mariage avec un Juif. Cela m'afflige pour vous et pour Georges, plus que je ne saurais le dire.

— A cet égard, ma tante, mon frère a été irréprochable.

— Eh bien ! ne parlons plus ni de M. de Chastenay ni de ce Moïse Furster, et dites-moi ce que vous pensez du jeune officier, parent ou protégé du colonel de Serquigny.

Arrivée à ce point de ses confidences, Mlle d'Avenel montra plus d'embarras. Néanmoins, Mlle Mireille eut vite démêlé le fond de sa pensée. La jeune fille avait évidemment la meilleure opinion du lieutenant Vaubarel et répétait, avec un naïf enthousiasme, tout le bien que le colonel en avait dit à ses hôtes. Avec un discernement au-dessus de son âge, Suzanne ne s'était pas contentée de distinguer chez Charles ses qualités extérieures, son adresse à tous les exercices physiques, son talent de musicien ; elle avait soigneusement remarqué la part qu'il prenait dans les entretiens et controverses engagées à Fresnières, et elle avait constaté en lui une élévation de sentiments et de caractère, une rectitude de jugement qui avaient achevé de lui conquérir toutes ses sympathies.

— C'est non seulement un officier distingué, c'est aussi un penseur profond, un chrétien convaincu, comprenant le devoir réel des catholiques à l'heure présente, et réprouvant, à juste titre, l'inertie, l'apathie dont ils ont fait trop longtemps preuve.

Mlle d'Estizac était elle-même trop bien douée, sous le rapport de la combativité, pour ne pas approuver sa nièce, et déjà, sans le connaître, elle se sentait attirée vers le jeune officier. Elle voulut pousser sa parente plus loin.

— Si le lieutenant Vaubarel avait été aussi audacieux que M. Furster, il aurait reçu probablement un autre accueil.

— Eh bien! oui, ma tante, avoua Suzanne en rougissant. Un moment même, je me suis fait des illusions. Le colonel m'avait laissé entendre..... Mais à quoi bon parler de cela? Geneviève y a mis bon ordre.

En somme, Suzanne aimait le lieutenant Vaubarel, et sa tante en fut vite convaincue, elle qui, depuis vingt ans, gardait le souvenir du fiancé auquel elle avait voué toute son affection. Mais quels étaient les sentiments réels du jeune officier vis-à-vis de Mlle d'Avenel.

Il avait subi très probablement un entraînement analogue à celui de Suzanne. Pourtant, ce brusque départ du château de Fresnières dénotait un violent dépit ou un véritable désespoir. En tout cas, ni M. de Serquigny ni le jeune officier n'avaient depuis lors donné de leurs nouvelles, et les convenances les plus élémentaires interdisaient à Suzanne de paraître s'occuper, ou même se souvenir d'eux.

Avec un tact et une douceur infinis, la vieille demoiselle versa un peu de baume dans le cœur ulcéré de Suzanne. Elle engagea sa nièce à s'en rapporter, en tout et pour tout, à la Providence qui saurait bien disposer toutes choses de façon à lui montrer la voie à suivre.

— J'en connais déjà une qui s'ouvre devant moi, répondit Suzanne avec un pâle sourire. La Mère Saint-Joseph me l'indiquait en venant ici. Malgré les persécutions, malgré les contradictions, malgré les renoncements de tout genre, la vie religieuse offre toujours des compensations aux personnes qui l'embrassent.

— Ma chère Suzanne, reprit Mlle d'Estizac, la vie religieuse exige une vocation véritable. Georges, d'ailleurs, ne me pardonnerait point si je vous encourageais à prendre ce parti beaucoup trop extrême. Ne suivez point l'impulsion d'un mouvement irréfléchi. Priez beaucoup et demandez conseil à Notre-Dame de Lourdes. Cette bonne Mère ne vous abandonnera pas.

— Ne m'a-t-elle pas déjà favorisée au delà de ce que je méritais en me permettant de me réfugier auprès de vous? dit la jeune fille en embrassant Mlle Mireille avec effusion.

Le soir même, celle-ci écrivit longuement à Georges.

Je vous dois toute la vérité, lui disait-elle. Suzanne éprouve une affection profonde pour le lieutenant Vaubarel et, dans sa déception, elle pense à entrer au couvent. C'est un mouvement impulsif qui sera de courte durée, me direz-vous, sans doute. Peut-être. Cependant Suzanne a un caractère assez ferme pour ne pas donner son cœur deux fois, et je doute qu'elle trouve désormais le bonheur dans une autre union, si brillante soit-elle.

Elle s'efforcera, j'en suis certaine, de combattre une inclination qui, dans l'état actuel des choses, ne peut avoir aucune solution favorable. Mais..... son cœur, malgré elle, ne se battra-t-il pas avec sa raison?

Si vous voyez un remède au mal, mon bon Georges, à vous d'agir pour le mieux. En tout cas, plus on connaît cette chère enfant et plus on l'aime.....

En cette saison hivernale, les grands pèlerinages avaient considérablement diminué. On ne comptait plus à Lourdes dix mille, vingt mille et même cinquante mille étrangers comme pendant les mois d'été. Cependant, de tous les points du monde, des pèlerins isolés continuaient d'y affluer, et Suzanne éprouvait un réel bonheur à séjourner de longues heures dans la basilique pour contempler cet incessant concours.

Un matin, elle assistait à la messe avec Mlle d'Estizac. Sur deux rangs pressés, les fidèles se rendaient à la sainte Table. Mireille et Suzanne retournaient à leurs places, quand elles se croisèrent dans la grande nef avec deux officiers en uniforme.

Derrière eux venait une femme d'un certain âge, vêtue d'une sévère robe noire, et portant la coiffure aux papillons de dentelle si connue dans les campagnes angevines.

Comment Suzanne leva-t-elle les yeux en ce moment de recueillement intime?

Toujours est-il qu'elle pâlit et s'affaissa plutôt qu'elle ne s'agenouilla sur son prie-Dieu, à côté de Mlle Mireille.

XIII

UN ANGE GARDIEN

Mlle d'Estizac avait-elle remarqué le trouble de sa parente? Elle n'en pouvait, du moins, deviner le motif. Prosternée, la tête cachée dans ses mains, Suzanne priait avec une étrange ferveur. Une seconde messe s'était achevée sans qu'elle changeât de position, et sa cousine, légèrement inquiète, lui toucha l'épaule du bout du doigt. Mlle d'Avenel releva la tête.

— Il est temps de rentrer, mignonne, dit Mlle d'Estizac à voix basse.

Rappelée à elle-même, Suzanne fit un signe d'assentiment et suivit docilement sa cousine.

Quelques groupes disséminés stationnaient sur l'Esplanade pour y admirer le splendide panorama. Appuyés sur la balustrade attenant à l'église, Mme Vaubarel, le colonel et le lieutenant contemplaient le Gave dont les eaux bouillonnantes scintillaient sous ce clair rayon de soleil de novembre.

Mais, il faut bien l'avouer, le jeune officier répondait à peine aux exclamations laudatives de son père et de Mme Vaubarel. Il tournait même le dos au paysage et tenait les yeux obstinément fixés sur la porte de l'église. Soudain, il poussa un cri, et s'élançant vers Mlle d'Avenel :

— Oh! je ne m'étais pas trompé, dit-il. Vous, Mademoiselle Suzanne, vous ici! C'est trop de bonheur!

— Monsieur Vaubarel, murmura la jeune fille non moins émue. Je ne m'attendais pas à vous rencontrer..... Ma tante, permettez-moi de vous présenter M. le lieutenant Vaubarel..... Mlle d'Estizac, ma tante, continua-t-elle en s'adressant à l'officier.

A son tour, M. de Serquigny s'était approché, et, de nouveau, des exclamations de joyeuse surprise se firent entendre. Il n'avait pas vu Suzanne à l'église. Seuls, les jeunes gens s'étaient reconnus.

L'étonnement de Mlle d'Estizac était profond. Cependant, la courtoisie parfaite, la distinction des deux officiers confirmaient la bonne opinion qu'elle avait conçue d'eux.

Suzanne reprenait peu à peu son sang-froid, et, la première, elle remarqua Mme Vaubarel qui se tenait à l'écart, derrière M. de Serquigny.

— Madame votre mère, peut-être? interrogea-t-elle en regardant le lieutenant.

— Oui, Mademoiselle, répondit celui-ci. Pardonnez-moi de ne vous l'avoir pas présentée.

— Qu'importe, Charles? balbutia, en s'inclinant avec embarras, Mme Vaubarel.

— Oh! Madame, interrompit gracieusement Suzanne, vous n'êtes point une inconnue pour moi. Monsieur votre fils parlait si souvent de vous à Fresnières que, sans vous avoir jamais vue, je vous ai devinée.

Le colonel, jugeant sans doute le lieu mal choisi pour des confidences plus intimes, ne releva pas plus que son fils les paroles de Mlle d'Avenel, et les trois dames et les deux officiers regagnèrent le boulevard de la Grotte.

Arrivés à la demeure de Mlle d'Estizac, les cinq personnages s'arrêtèrent.

— Nous voici rendus à destination, dit Mlle Mireille. Je n'ose, à cette heure matinale, vous engager à entrer chez moi.....

— Nous ne voudrions pas être indiscrets à ce point, interrompit le colonel. Mais vous nous permettrez, Mademoiselle, de venir vous rendre nos hommages dans la journée.

— Très volontiers, colonel. A bientôt donc!

— A bientôt! répétèrent Suzanne, le lieutenant et Mme Vaubarel.

Le déjeuner attendait Mlle d'Estizac et sa cousine, mais Suzanne pouvait à peine toucher aux aliments, et, pourtant, une expression de joie illuminait son gracieux visage.

Après le repas, Mireille prit Suzanne par la taille, et, l'entraînant dans un petit salon, elle la fit asseoir à côté d'elle.

— Vous êtes bien heureuse de notre rencontre de ce matin, ma petite Suzanne? demanda-t-elle.

— Oh! oui, répondit Mlle d'Avenel avec un naïf élan. Vous n'aviez pas aperçu ces messieurs à l'église?

— J'avais du moins remarqué leurs uniformes, mais, ne les ayant jamais vus, je ne pouvais les reconnaître.

— C'est vrai, je ne sais plus ce que je dis.

— Voyons, Suzanne, la main sur la conscience, reprit Mlle d'Estizac, ne pensiez-vous pas rencontrer ces messieurs à Lourdes?

— Non, ma tante, jamais ils n'avaient parlé de ce voyage devant moi.

— Ignoraient-ils votre présence ici?

— Comment l'auraient-ils apprise? Je ne me suis décidée moi-même à venir qu'après leur départ de Fresnières. Et puis, chère tante, pourquoi ces soupçons? Vous me disiez l'autre jour de confier le soin de mon avenir à Notre-Dame de Lourdes. Eh bien! cette bonne Mère a permis cette nouvelle rencontre au pied de son autel avec M. Vaubarel, alors que je n'espérais plus le revoir jamais.

— Mais enfin, chère petite, cette rencontre peut fort bien n'avoir aucune signification pour votre avenir, reprit Mlle d'Estizac. Le lieutenant Vaubarel n'est probablement pas disposé à demander votre main.

— Oh! ma tante, vous n'avez donc pas remarqué combien il était heureux de me revoir?

Mlle Mireille ne répondit rien tout d'abord. Après quelques minutes de réflexion, elle reprit la parole.

— Ma chère enfant, dit-elle, ma situation devient très délicate. Certes! je désire ardemment vous voir heureuse. Je ne désapprouve point votre choix, car vous êtes assez riche pour n'accorder à la question de fortune qu'une importance relative et, à première vue, le lieutenant me semble justifier tous les éloges que vous m'en avez faits. Un mot cependant : vous ne connaissiez pas sa mère, et dame..... elle me paraît un peu vulgaire.....

— Qu'importe! interrompit Suzanne. Elle a fait de son fils un chrétien convaincu, un ardent patriote. Combien de femmes du meilleur monde n'ont pas su, comme elle, remplir leurs devoirs de mère?

— Peut-être! Cependant, il faut faire la part des convenances sociales.

— Oh! ma tante, vous si pieuse, si charitable, si éclairée, comment me tenez-vous un tel langage?

— Allons, décidément, vous avez réponse à tout, reprit Mlle d'Estizac en riant.

— Hélas! ma tante, je suis perdue si vous abandonnez ma cause, dit tristement Suzanne. Seule, vous pouvez m'aider à combattre l'opposition que Georges et surtout Geneviève feront à ce mariage.

— Et, précisément, ce mauvais vouloir de vos parents complique grandement ma situation. Vous me reprochiez tout à l'heure d'injustes soupçons, Suzanne ; mais, vous le devinez, on m'accusera, moi aussi, d'avoir favorisé un rapprochement dangereux.

— Alors, c'est fini, dit Mlle d'Avenel avec abattement. Je n'avais pas songé à tous les ennuis que vous attirerait votre intervention en ma faveur. Je vous en demande pardon. C'est bien mal reconnaître, en effet, votre bonne hospitalité.

Elle parlait vite, mais ses lèvres tremblaient et des larmes brillaient dans ses yeux. Mlle d'Estizac l'attira de nouveau auprès d'elle et l'embrassant tendrement :

— Petite folle, dit-elle ; loin de déserter votre cause, je vous suis, au contraire, toute dévouée, et je veux dénouer une situation qui ne peut s'éterniser. Seulement, il faut vous fier à moi et m'obéir aveuglément.

— Oh ! ma tante, parlez ! Je ferai tout ce que vous voudrez, s'écria Suzanne.

— D'abord, je vais vous demander un sacrifice. Vous ne reverrez pas ces messieurs avant que je vous en donne l'autorisation.

— Mais ils viennent en visite tantôt, dit Mlle d'Avenel troublée.

— Au préalable, je veux avoir un entretien particulier avec M. de Serquigny, et je lui envoie immédiatement un mot dans ce but. Vous, Suzanne, pendant sa visite, vous me remplacerez à la réunion des dames infirmières. Est-ce entendu ?

— Je m'abandonne à vous, bonne tante, répéta Suzanne.

En rentrant à l'hôtel Bellevue, où Mme Vaubarel et les deux officiers étaient descendus, le jeune lieutenant exprimait sa joie de la rencontre de Mlle d'Avenel, Mme Vaubarel partageait son enthousiasme en y ajoutant l'expression de son admiration pour la jeune fille.

— Est-elle gentille ? a-t-elle l'air aimable ! Et pas fière du tout ! Tu ne pouvais faire un meilleur choix, Charles.

— Je le sais bien, mais Mlle d'Avenel acceptera-t-elle mes hommages ?

— Après son accueil de ce matin, il n'y a pas à en douter.

— Hélas ! après ce qui s'est passé à Fresnières, je n'ai pas lieu, au contraire, d'être rassuré.

— Bah ! Alors il ne s'agissait que du petit lieutenant Vaubarel. N'est-ce pas votre avis, Monsieur le colonel ?

— Peut-être, répliqua M. de Serquigny. Tout en étant très heureux d'avoir revu la charmante enfant, cette aventure dérange pourtant un peu mes plans. Pour tenter une démarche sérieuse auprès de M. d'Avenel, je voulais attendre la décision du tribunal d'Angers.

— Mon père, reprit le lieutenant, rien ne nous force à parler aujourd'hui même à ces dames de mon changement d'état civil.

— Enfin, ce qui me plaît le mieux dans tout cela, continua M. de Serquigny, c'est que, pour avoir quitté Fresnières aussi brusquement, Suzanne doit avoir congédié tous ses prétendants. La place étant nette désormais, nous pourrons évoluer plus à l'aise.

La cloche du déjeuner interrompit l'entretien. Maurice se leva de table le premier.

— Où vas-tu? lui demanda son père.

— M'habiller pour notre visite chez Mlle d'Estizac.

— Y songes-tu? Il n'est pas midi. Nous ne pouvons pas nous présenter chez ces dames avant 3 heures.

Le garçon de salle s'approcha au même instant du colonel.

— Une lettre pressée pour M. de Serquigny, dit-il en lui remettant un pli.

Celui-ci fit sauter le cachet et parcourut quelques lignes tracées sur une carte de visite. Maurice y jeta les yeux et devint très pâle.

— Que signifie cela? balbutia-t-il. On veut vous parler, à vous seul.....

— Tiens! c'est étrange, fit Mme Vaubarel.

— Cela ne me surprend pas, moi, reprit le colonel.

— C'est-à-dire, continua le lieutenant, qu'on ne veut renouer aucun rapport avec moi. Je devais m'y attendre. Ah! la déception est bien amère.

Et il se laissa tomber sur un siège.

— Allons, bon! vas-tu t'évanouir comme une femmelette? dit le colonel avec impatience. Ah! les amoureux! Demandez-leur donc de la réflexion! Tu ne comprends pas que Mlle d'Estizac remplace, en ce moment, la mère de Suzanne? Moi, j'augure fort bien, au contraire, de la nouvelle tournure des événements.

Puis, se levant :

— Je vous recommande notre grand enfant, Madame Vaubarel, continua le vieil officier. Allez tous deux m'attendre à la Grotte. J'irai vous y rejoindre en sortant de chez Mlle d'Estizac. Allons, bon courage!

Il sortit d'un air dégagé. Au fond, le brave colonel n'était point aussi rassuré quand il sonna à la porte de Mlle Mireille.

La bonne l'introduisit au salon où, presque aussitôt, la maîtresse du logis vint le rejoindre. Elle tendit gracieusement la main à l'officier.

— Je vous demande pardon du dérangement que je vous cause, dit-elle. J'avais totalement oublié ce matin un rendez-vous d'affaire, et, cependant, je tenais à vous parler en particulier. Merci, tout d'abord, d'avoir répondu à mon appel.

— Je n'aurais eu garde d'y manquer, Mademoiselle.

— Ma démarche va peut-être vous surprendre, colonel, mais, fille d'officier, j'ai cru pouvoir agir avec un sans-façon un peu militaire..... Vous avez remarqué, sans doute, comme moi, l'émotion de ma nièce et même de M. le lieutenant Vaubarel, lorsqu'ils se sont vus ce matin.

— Certainement, dit le colonel en souriant. Si vous saviez combien le pauvre enfant souffrait de ne plus voir Mlle d'Avenel depuis notre départ de Fresnières, vous ne vous étonneriez pas de la joie qu'il a ressentie.....

— Très bien, colonel ; mais croyez-vous qu'il soit prudent de ma part, comme de la vôtre, de nous prêter ainsi à un rapprochement entre ces jeunes gens?

— Mademoiselle, répondit M. de Serquigny d'une voix mal assurée, si vous partagez les préventions de Mme d'Avenel, notre nièce à tous deux, qui a osé qualifier le lieutenant de coureur de dot, évidemment, vous ne nous autoriserez pas à revoir Mlle d'Avenel.....

— Oh! interrompit Mlle Mireille, Geneviève s'est permis cela? C'est bien mal.

— Oui, Mademoiselle, et vous vous indigneriez encore davantage si vous connaissiez le désintéressement, la grandeur d'âme de notre lieutenant.

— Il a du moins le don de conquérir d'ardentes sympathies, répartit Mlle Mireille en riant, car, depuis ce matin, voici la seconde fois que j'entends son panégyrique.

— Alors, Mlle d'Avenel n'approuve pas sa belle-sœur, dit M. de Serquigny joyeux. Suis-je trop téméraire en sollicitant votre appui, lorsque, très prochainement, je renouvellerai, auprès de M. d'Avenel, la démarche catégorique que le mauvais vouloir de Geneviève nous a forcés d'ajourner?

— Mon appui ne pèsera peut-être pas beaucoup dans la balance, répondit Mlle Mireille.

— Mademoiselle, en vous donnant de plus amples renseignements sur mon compte et sur celui de mon candidat, je vous ferai part d'une circonstance de nature à aplanir bien des difficultés.

— Que voulez-vous dire? reprit Mlle d'Estizac étonnée.

— La plus sérieuse objection de Mme d'Avenel à ce projet de mariage était, si je ne me trompe, le défaut de naissance du lieutenant Vaubarel.

— Oui, colonel. Quant à Suzanne, elle n'y attache aucune importance, et Mme Vaubarel trouvera en ma nièce une fille aussi dévouée et aussi respectueuse que si elle portait elle-même une couronne ducale.

— Brave enfant! dit M. de Serquigny. Comme elle sympathisera bien avec Maurice!

— Qui cela, Maurice? demanda Mlle Mireille de plus en plus intriguée.

— Vous ne pouvez encore me comprendre, Mademoiselle. D'ici un mois, ainsi que j'ai eu l'honneur de vous le dire, je demanderai à Georges la main de sa sœur, non pas pour le lieutenant Vaubarel, mais pour mon fils, Maurice de Serquigny.

— Votre fils!..... Vous voulez donc adopter le lieutenant?

— Non, Mademoiselle ; je veux faire restituer à mon fils légitime le nom et les droits dont il a été privé pendant vingt-cinq ans.

Et le colonel raconta à Mlle d'Estizac l'odyssée du lieutenant.

— Les voies de la Providence sont admirables, en vérité, dit Mlle Mireille. Mais Georges sait sans doute déjà tout cela? Vous avez dû prévenir M. et Mme Doutrebois?

— Du tout, Mademoiselle ; sur le conseil de mon avocat, j'avais attendu jusqu'à ce jour. Une lettre reçue ce matin m'apprend que l'affaire sera évoquée le 15 décembre. Je compte donc écrire aujourd'hui même à mon beau-frère.

— Vous ferez bien de ne pas trop tarder.

— Oui, et avec le caractère bizarre d'Elie, je crains même certaines complications, reprit le colonel. Mais Maurice est disposé à faire toutes les concessions possibles. Et maintenant, Mademoiselle, ne pensez-vous pas que les obstacles à la réussite de notre cher projet se sont singulièrement amoindris?

— En effet, colonel.

— Eh bien! Mademoiselle, soyez bonne jusqu'au bout. Permettez à mon fils de venir ici, pendant les quatre ou cinq jours que nous devons passer à Lourdes, jouir de la présence de Mlle Suzanne et de la vôtre.

— Soit, j'y consens, dit Mlle Mireille, à la condition, toutefois, qu'il ne sera pas question de mariage avant la réponse de Georges. Venez ce soir, tous trois, prendre le thé avec nous, en bons amis, et que Dieu bénisse nos chers enfants!

XIV

MÈRE ET FILLE

Mme Louise Doutrebois était seule dans son élégante chambre à coucher du boulevard Haussmann. Une singulière expression de tristesse et de souffrance se lisait sur sa physionomie. Il y avait même un étrange contraste entre le luxe de la pièce, ornée à profusion de riches bibelots à la mode, et l'air abattu de cette femme, vieillie avant l'âge.

En ce moment, son regard morne semblait errer au loin, comme attiré par quelque vision mystérieuse. La porte s'ouvrit, et Geneviève d'Avenel entra en tourbillon dans l'appartement.

— Ah! c'est toi, Geneviève? Tu m'as presque fait peur, dit Mme Doutrebois.

— Bonjour, mère. Comment va papa, ce matin? répondit Mme d'Avenel.

— Il dort encore. La nuit a été, comme toujours, très agitée, très pénible.

— Enfin, c'est à n'y rien comprendre. Que dit le médecin?

— Suivant lui, il n'y a rien de grave dans l'état de ton père. Avec quelques jours de repos, il n'y paraîtra plus.

Geneviève haussa les épaules.

— C'est absurde, fit-elle. J'entends le même langage depuis trois semaines. Vous devriez consulter un autre médecin.

— Mais, ma chère enfant, c'est assez difficile. Ton père a toute confiance dans le Dr Verdier.

— Oui, en effet, c'est embarrassant, repartit Geneviève.

Elle s'approcha de la fenêtre, regarda au dehors pendant quelques instants, puis, après deux ou trois tours dans la pièce, se rapprochant de Mme Doutrebois :

— Mère, dit-elle câlinement, tu serais bien aimable de m'avancer cinq cents francs.

— Ma pauvre Geneviève, tu tombes mal. Il me reste à peine une centaine de francs.

— Tu peux descendre chercher des fonds à la Banque, je pense.

— Ton père ne veut pas que j'aille déranger le caissier en son absence.

— Ah! c'est bien ennuyeux!

Et, d'un air maussade, Mme d'Avenel s'assit près de la cheminée, lutinant rageusement, avec les pincettes, les charbons et tisons incandescents.

— Tu as donc bien besoin de cet argent? demanda Mme Doutrebois.

— Oui, le mariage de M. de Verneuil m'a obligée d'acheter une nouvelle toilette.

— Pourquoi ne t'adresses-tu pas à Georges? Il te donnera tout ce que tu voudras.

— Oh! je sais bien, repartit Mme d'Avenel ; mais si tu crois que c'est amusant de demander de l'argent à son mari comme une petite fille de six ans qui réclame une tartine de confiture.

Mme Doutrebois eut un triste sourire :

— C'est pourtant ce que je fais depuis trente ans avec ton père, dit-elle.

— Parce que tu l'as bien voulu, répliqua Geneviève. Moi, je me sens incapable.

— Cependant, Geneviève.....

— Tu as montré par trop d'abnégation, continua la jeune femme, car tes revenus personnels ont toujours amplement suffi aux dépenses de la maison. Papa recevait tes rentes d'une main et te les rendait de l'autre.

— Mais enfin, Geneviève, de quoi t'occupes-tu? dit Mme Doutrebois avec impatience.

— Que veux-tu? pauvre maman, je me révolte, à la fin, de ton inaltérable patience, riposta Mme d'Avenel. Papa se laisse tromper par cet abominable Furster qui le vole d'une façon affreuse, et toi, tu te laisses endormir par papa.

— Ah! ça, qu'est-ce qui te prend? Jamais je ne t'ai vue aussi agitée.

— Dame! je ne pouvais rien dire avant de savoir moi-même.... Mais les renseignements que j'ai recueillis ont achevé de m'ouvrir les yeux.

— Ton expérience te fait singulièrement oublier le respect dû à ton père et à ta mère, dit tristement Mme Doutrebois.

— Est-ce te manquer de respect que de signaler les tromperies dont papa et toi vous êtes depuis trop longtemps victimes? Aujourd'hui, je n'avance rien dont je ne sois absolument sûre.

— Oh! oh! tu me permettras d'en douter!.....

— Voyons, mère, combien dépenses-tu annuellement?

— Je ne sais pas au juste. Quarante à cinquante mille francs au plus.

— Eh bien! Le domaine de Fresnières seul produit plus de quarante mille francs. Evidemment, sans la disparition de ma pauvre tante Valentine, tu n'en aurais jamais touché les fermages.

— Sans doute, puisque, dans nos partages, mon père m'avait attribué la terre de La Chesnaie, que nous avons vendue il y a une quinzaine d'années.

— Mais les fonds provenant de cette vente, que sont-ils devenus?

— Ton père les a replacés dans la Banque. Il avait fait de grosses pertes lors de la débâcle de l'Union financière, et il m'a suppliée de consentir à la vente de La Chesnaie pour alléger la situation.

— Oui, oui, je me souviens parfaitement de tout cela, dit Mme d'Avenel. Seulement, tandis que mon père nous pronostiquait une ruine certaine, M. Furster continuait à s'enrichir aux dépens de la maison de Banque.

— Allons donc! tu rêves.....

— Nullement, mère. En deux mots, voici le résumé de la situation : tu as apporté à mon père plus de quatre-vingt mille francs de rentes. Chaque année, il y a eu plus de trente mille francs d'engloutis dans les opérations de la Banque.

— Il faudrait admettre que la maison eût essuyé continuellement des pertes. Ton père aurait pris, depuis longtemps, des mesures pour mettre fin au coulage.

— Il n'y a pas eu de coulage, repartit Mme d'Avenel. La maison Doutrebois et Furster passe, au contraire, sur la place, pour réaliser des bénéfices considérables. Seulement, papa s'est appauvri, tandis que M. Furster achète des immeubles dans les plus beaux quartiers de la ville.

— Mais qui t'a si bien renseignée? demanda Mme Doutrebois.

— C'est bien simple, maman. Depuis mon mariage, je me suis rendu compte de ce que tu pouvais dépenser toi-même. Je n'ai d'abord attaché aucune importance à cette constatation. Pourtant, j'étais assez surprise, je l'avoue, d'entendre mon père nous prêcher l'économie à propos de tout et de rien. Mais ce qui a achevé de m'ouvrir les yeux, c'est la prétention du jeune Moïse Furster au sujet de Suzanne.

— Comment cela?

— En rentrant à Paris, j'ai voulu, par curiosité, me renseigner sur la valeur de ce parti. J'ai appris que ma belle-sœur avait été bien inspirée en repoussant cette demande, car Furster le neveu tout comme Furster l'oncle sont deux coquins de la pire espèce.

— Oh! oh! tu ne ménages guère tes expressions.

— Mais, maman, ces jours-ci, Georges m'a avoué que depuis longtemps il ne se faisait plus aucune illusion sur le compte de James Furster. Par exemple, nous ne nous expliquons pas comment papa n'a pas encore rompu avec ce triste personnage.

Mme Doutrebois poussa un profond soupir.

— Hélas! dit-elle, combien de fois me suis-je posé la même question sans pouvoir y trouver une réponse satisfaisante?

— Ah! vois-tu, s'écria Geneviève, tu ne peux t'étonner de mes paroles.

— Mon enfant, je n'ai jamais cru, je ne crois même pas encore aux irrégularités et détournements dont tu me parles, car ton père ne les eût certainement pas tolérés. Mais James Furster m'a toujours inspiré une répulsion instinctive. J'aurais voulu, ou qu'il quittât la Banque, ou qu'on lui en abandonnât la direction. Jamais ton père n'a voulu consentir à cette séparation.

— Et pourtant, mère, je te l'assure, mes renseignements sont exacts. Il serait vraiment grand temps de remédier au mal.

— Que veux-tu? On ne m'a jamais écoutée. Ce n'est pas à l'instant où ton père est souffrant.....

— Agis donc à ta guise, dit Mme d'Avenel en se levant. Si tu préfères continuer à recevoir tes revenus miette à miette comme une petite rentière de deux ou trois mille francs, je n'y peux rien.

— Tu ne parlerais pas ainsi, Geneviève, si je te fournissais les vingt-cinq louis dont tu as besoin.

— Peut-être ; ce n'en serait pas plus raisonnable de ma part. Enfin, je vais essayer de m'arranger avec Georges.

— Avant de parler à ton mari, laisse-moi m'adresser à ton père. C'est une bagatelle, en somme, qu'il ne peut me refuser.

— Oui, si M. Furster lui en donne l'autorisation, repartit Geneviève ironique. Tu peux toujours essayer.

Elle sortit, et Mme Doutrebois pénétra dans la chambre de son mari. Le riche financier était étrangement changé depuis quelques semaines. En rentrant à Paris, M. Doutrebois avait été aussitôt en proie à de fiévreuses insomnies et avait dû suspendre toutes ses occupations habituelles.

Enveloppé dans une ample robe de chambre, le banquier, étendu sur une chaise longue, paraissait absorbé dans la lecture d'une lettre. A la vue de sa femme, il se hâta de glisser le papier dans la poche de son vêtement.

— Comment vous trouvez-vous, Elie? demanda Mme Doutrebois.

— Mieux qu'hier, répondit Elie d'une voix faible ; mais j'ai encore grand besoin de repos.

Et, avec un geste de lassitude extrême, il ferma les yeux en laissant tomber sa tête pâle sur les coussins.

— Ces nuits sans sommeil sont très fatigantes, dit Louise. Pourquoi vous êtes-vous levé si vite? Je vous croyais encore au lit.

— J'attends Furster à 11 heures.

— Si vous vous sentez trop fatigué, M. Furster reviendra tantôt.

— Non, non, dit vivement Elie. Je tiens à le voir ce matin.

— Cependant, voulut encore dire Louise, je le prierais.....

— Assez, interrompit sèchement M. Doutrebois. Vous n'entendez rien aux affaires, n'est-ce pas?

Ainsi morigénée, Mme Doutrebois baissa la tête.

— Elie, reprit-elle timidement après un instant de silence, j'ai besoin de quelque argent ; six ou huit cents francs environ. Puis-je descendre les chercher à la caisse?

— Mais nous ne sommes pas à la fin du mois, repartit M. Doutrebois en se redressant avec vivacité. A quel propos me faites-vous cette demande? Vous devenez d'une prodigalité.....

— Je ne mérite pas ces reproches, interrompit Mme Doutrebois un peu nerveuse. Seulement, Geneviève me prie de lui avancer cette somme.....

— Geneviève n'est pas plus raisonnable que vous, ma chère. Si je n'y prenais garde, avec vos exigences à toutes deux, nous arriverions bientôt à la ruine.

— Ce langage, permettez-moi de vous le dire, est injuste, Elie. Je n'ai jamais dépensé que la moitié ou les deux tiers au plus de mes revenus personnels.

M. Doutrebois sursauta sur sa chaise longue.

— Ah! par exemple, voilà de l'audace! s'écria-t-il.

— Je ne dis que l'exacte vérité. Les deux terres de La Chesnaie et de Fresnières rapportaient plus de quatre-vingt mille francs, or, nous avons toujours vécu avec moins de cinquante mille francs par an.

— Ah! oui, parlons-en, de Fresnières, murmura Elie Doutrebois.

Louise se méprit sur le sens de son exclamation :

— Hélas! en effet, dit-elle, Fresnières ne m'appartenait pas, n'aurait jamais dû m'appartenir ; mais, enfin, cette fortune, venant de ma pauvre sœur, alimente, depuis vingt-cinq ans, notre propre budget.

— Et vous vous en réjouissez sans réfléchir à la restitution considérable à faire si les vrais propriétaires du domaine reparaissaient, repartit le banquier.

— Ah! s'écria Mme Doutrebois avec élan, si ma chère Valentine, si son pauvre enfant nous étaient rendus, je leur restituerais avec grande joie tout ce qui leur appartient légitimement. Par malheur, c'est un rêve irréalisable.

— Alors, vous ne reculeriez pas devant la ruine pour opérer cette restitution? demanda le banquier.

— Ce serait un strict devoir. Mais, vous plaisantez, Elie. La restitution de Fresnières et des revenus accumulés ne saurait nous acculer à la ruine. Notre terre de La Chesnaie était d'une égale valeur.....

— Vous savez bien que le prix de ce domaine a été englouti dans le krach de l'Union financière, interrompit M. Doutrebois.

— Depuis quinze ans, vous avez eu le temps de réparer ces pertes. La maison de banque réalise des bénéfices considérables.....

— Euh! euh! Nous avons eu de très mauvaises années, et ma situation est loin d'être brillante.

— Alors, vous avez travaillé trente ans pour enrichir M. Furster.

— Ah! nous y voilà! s'écria Elie avec violence. Depuis une heure vous me fatiguez de rabâchages inutiles pour en venir à attaquer ce pauvre Furster. Mais tous vos efforts seront vains, je vous en avertis.

Avant que Mme Doutrebois, abasourdie, eût trouvé un mot à répondre, on frappa à la porte du fond.

— Qui est là? demanda Elie.

— M. Furster prie Monsieur de vouloir bien le recevoir, dit un valet de chambre entr'ouvrant la porte.

— Qu'il entre, dit vivement le banquier.

Et, se retournant vers sa femme :

— Laissez-nous, dit-il.

Mme Doutrebois se leva sans répondre. James, d'ailleurs, pénétrait dans la chambre. Elle se contenta de lui adresser un salut cérémonieux et sortit. Son visage s'était en quelque sorte transformé. Dans ses yeux, si mornes d'ordinaire, brillait une flamme étrange.

— Oh! je saurai tout! dit-elle.

Elle poussa le verrou de la porte qu'elle venait de franchir. Les deux chambres à coucher étaient séparées par un gros mur. Le battant de chêne, du côté de la pièce attribuée à Mme Doutrebois, s'ouvrait derrière une portière de satin bleu assortie aux tentures du lit et des fenêtres. Du côté de la chambre du banquier, une lourde draperie de damas vert cachait le vide de l'embrasure.

En entrant chez son mari, Louise avait négligé de refermer la porte. Seules, les deux portières avaient repris leurs places habituelles.

Avec beaucoup de précautions, Mme Doutrebois se glissa derrière le rideau de satin, et là, dans l'ombre, retenant son souffle, elle attendit.

XV

DERRIÈRE LE RIDEAU

M. Elie Doutrebois n'avait absolument rien compris au trouble qui s'était emparé de son associé James Furster, en apprenant le nom du jeune officier, sauveur de M. de Serquigny. Que signifiait cet insondable abîme dont il se trouvait ainsi menacé? Pourquoi ce brusque départ?

Dans la soirée, une pensée vint au banquier au sujet du fils de Valentine, et il se dit soudain :

— Alors ce Vaubarel serait l'enfant du colonel? Mais non, je deviens fou.

Hélas! le surlendemain, son associé, à son retour d'Angers, lui apprenait qu'il avait deviné juste, et, circonstance beaucoup plus grave encore, le père et le fils connaissaient toute la vérité.

— Mais ils vont réclamer Fresnières! Je suis perdu! s'exclama le banquier.

— Non, car je veille, répondit Furster avec emphase. Le danger est détourné maintenant, et les droits de Maurice de Serquigny ne seront jamais reconnus.

Cette assurance ne suffisait pas à tranquilliser le banquier. La contrainte même qu'il s'imposait pour dissimuler ses préoccupations exerçait une influence de plus en plus funeste sur sa santé. Naturellement aussi, il se trouvait de plus en plus à la merci de son associé. De là ces conférences journalières où se débattait, prétendait-il, les intérêts de la maison de banque, mais où, en réalité, les deux compères discutaient les mesures à prendre pour parer le terrible coup qui les menaçait.

Donc, en s'asseyant auprès de M. Doutrebois dans le fauteuil abandonné par Louise, M. James Furster, ce matin-là, posa à son associé sa question habituelle.

— Eh bien! quoi de nouveau?

— Rien de bon, répliqua M. Doutrebois d'un air sombre. Voici une lettre de Maurice à sa tante. Il voudrait savoir si ma femme obéira à l'assignation.

— Vraiment! Il est bien curieux, ce jeune homme, dit M. Furster railleur.

— Vous riez! repartit Elie avec impatience. Je ne pourrai pas toujours supprimer les correspondances de ma femme.

— Pourquoi ne révélez-vous pas toute la vérité à Mme Doutrebois, en exigeant d'elle la promesse de renier son neveu?

— Impossible ; je viens à l'instant d'avoir avec elle une explication très orageuse. Elle n'hésiterait pas à restituer les biens de sa sœur et de son neveu.

M. Furster haussa les épaules :

— Avec de semblables préjugés, on court beaucoup de chances d'aller mourir à l'hôpital, dit-il sentencieusement.

— Ma femme, continua Elie, s'étonne que, depuis trente ans, tous les bénéfices de notre banque soient allés dans votre caisse particulière.

— Pauvre dame! Elle ignore la peine que je me suis donnée, répondit Furster.

— Ah! finissez vos railleries, s'écria le banquier avec impatience. Si ma femme savait que vous avez tué sa sœur, elle vous enverrait à l'échafaud.....

— Chut! parlez plus bas, murmura Furster pâlissant. Si l'on nous entendait.....

— Personne ne nous entend, et je tiens une bonne fois à vous dire toute ma pensée, riposta M. Doutrebois. Non seulement vous avez commis un crime odieux, mais vous en avez profité pour m'exploiter indignement, en exerçant sur moi un chantage continuel.

— Allons donc! interrompit Furster ; ce crime, mais vous en êtes complice.....

— Misérable! qui en a conçu l'idée, sinon vous, et vous seul?

— Quand je suis allé à Fresnières chercher Mme de Serquigny et son enfant, vous saviez très bien qu'ils n'arriveraient jamais à Lyon.

— Vous ne m'aviez cependant pas fait connaître vos intentions sur eux.

— Et comment vouliez-vous que j'atteigne le but désiré, c'est-à-dire vous assurer la jouissance de la fortune de votre belle-sœur?

— Ah! cette fortune, je l'ai payée cher, reprit M. Doutrebois avec un sourd gémissement ; et, aujourd'hui, tout est remis en question.

— J'ai eu tort, c'est certain, reprit M. Furster avec un soupir. Comment Maurice a-t-il pu survivre à sa mère? Qui pouvait prévoir que le père et le fils se rencontreraient un jour à Madagascar? Les événements ont tourné contre nous. Pourquoi ai-je épargné cet enfant?

— Moi, je le sais. Vous vouliez vous réserver une arme contre moi, repartit Elie.

— Non, vous me calomniez. Seulement, à cette époque, j'étais jeune et je suivais trop l'impulsion de mon premier mouvement.

— Que voulez-vous dire? demanda M. Doutrebois. Au fait, vous ne m'avez jamais raconté en détail comment vous aviez accompli votre sinistre opération.

— Si je n'ai pas parlé plus vite, à qui la faute? Vous paraissiez avoir peur de mes confidences.

— C'est vrai. Pourtant, aujourd'hui, il vaut mieux que je sache tout.

— Eh bien! vous vous souvenez que, dans les premiers jours de novembre 1870, la Touraine, devenant de moins en moins habitable par suite de l'invasion allemande, la sœur de Mme Doutrebois consentit à venir vous rejoindre à votre propriété de La Chesnaie.

— Parfaitement. C'est alors que vous m'offrîtes d'aller vous-même chercher Mme de Serquigny à Fresnières.....

— C'est-à-dire que nous avions décidé, d'un commun accord, que les revenus de Fresnières nous étaient absolument nécessaires pour rétablir notre situation ébranlée par la guerre, et vous me chargiez de prendre les voies et moyens utiles afin d'arriver à la possession de ce domaine, rectifia James Furster.

Cette fois, Élie Doutrebois ne protesta plus.

— Vous m'aviez, du reste, donné carte blanche, poursuivit l'Israélite. Je partis le 13 novembre dans la soirée, après avoir expédié un télégramme à votre belle-sœur, et, le lendemain matin, j'arrivai à Fresnières. Par un hasard étrange, les Prussiens n'avaient point encore envahi cette partie du département ; mais on les attendait d'un jour à l'autre. Mme de Serquigny était absolument décidée à quitter Fresnières. Mais le chagrin causé par la mort récente de son père, son incertitude sur le sort de son mari avaient grandement altéré sa santé. Comme nous en étions convenus tous deux, je lui dis que sa sœur m'avait confié la mission de la conduire à La Chesnaie avec son fils, et elle s'en remit aveuglément à moi du soin de régler tous les détails du voyage. A 3 heures, nous quittions Fresnières avec une femme de chambre, Marthe Legris, qui devait nous accompagner jusqu'à Tours où elle allait retrouver une de ses sœurs. Elle descendit, en effet, à la gare, et je restai seul avec votre belle-sœur et l'enfant. Nous dînâmes ensemble au buffet, puis je me chargeai de prendre les billets de chemin de fer. Mon plan était arrêté dans ma tête. Je demandai au guichet un ticket pour Lyon et deux autres billets pour Cholet. Je conservai ces derniers et j'entraînai ma compagne sur la voie où s'organisait le train de Bretagne. Peu habituée à voyager seule, elle se laissa conduire sans résistance dans un wagon de première classe où je l'installai le mieux possible auprès de moi. Elle ne fit aucune attention aux appels des employés. A 11 heures du soir, la locomotive s'ébranlait. Tous les horaires des chemins de fer étaient alors bouleversés, et, à peine avions-nous atteint la première station, que nous restâmes immobiles pendant plus d'une heure. Le même accident se renouvela une autre fois, peu avant notre arrivée à La Possonnière. Mme de Serquigny avait de fréquents accès de toux, et des frissons glacés lui secouaient tous les membres. Alors je lui offris, pour la réconforter, une gorgée d'une liqueur dont j'avais eu soin de me munir.....

Ici, M. Furster s'arrêta. Il semblait éprouver une impression pénible. Quant à M. Doutrebois, il devenait livide. Ses mains jointes se crispaient sur sa poitrine et sa respiration était de plus en plus haletante.

— Qu'était-ce que cette liqueur? demanda-t-il d'une voix presque inintelligible.

— Je n'en connaissais pas exactement la formule. Elle m'avait été fournie toute préparée par un de mes amis. C'était un mélange de sirop et de rhum avec quelques gouttes d'un poison puissant. Suivant mon ami, la plus petite gorgée de cette mixture devait foudroyer la personne qui l'avalerait.

— Oh! murmura Elie Doutrebois en cachant sa tête dans ses mains, c'est affreux!

L'exclamation et le mouvement du banquier arrivaient fort à propos pour empêcher les deux interlocuteurs de percevoir une sorte de gémissement étouffé qui, à ce même moment, se faisait entendre derrière l'ample portière de damas vert.

— Mon ami avait-il mal dosé sa liqueur? poursuivit James Furster. Je l'ignore. Toujours est-il qu'au lieu de s'affaisser et de perdre connaissance, Mme de Serquigny fut prise aussitôt de convulsions épouvantables et vomit le sang à pleine bouche. Ses yeux hagards se fixèrent sur moi, et, à travers ses lèvres crispées, jaillirent ces trois syllabes : « Assassin!..... ». Pour comble d'ennui, nous arrivions en gare de La Possonnière. Encore quelques minutes, et le train s'arrêtait. Alors une peur folle me traversa l'esprit. Si l'on me surprenait auprès de cette malade, de ce cadavre ensanglanté, pour mieux dire, car Mme de Serquigny venait de tomber inanimée entre les deux banquettes, on m'interrogerait, on devinerait peut-être la vérité. Il fallait fuir, fuir à tout prix. J'aurais bien voulu cependant m'emparer du sac de voyage, mais, pour l'atteindre, je devais repousser le corps de ma victime, risquer de réveiller l'enfant endormi dans l'angle où se trouvait ce sac..... Je n'osai pas..... Comme un insensé, je sautai sur la voie et courus me blottir dans un wagon du train de Cholet. Quelques minutes plus tard, nous filions vers le pont de Chalonnes. En le traversant, j'ouvris la portière et lançai dans la Loire le flacon contenant le reste du fatal breuvage. Alors, seulement, je me crus sauvé. Mme de Serquigny morte, on retrouverait, il est vrai, son enfant auprès d'elle, mais il était trop jeune pour donner le moindre renseignement. On l'enverrait dans un hospice et tout danger serait à jamais écarté. Sans une inexplicable fatalité, mes prévisions se fussent justifiées, et, vous l'avouerez, j'avais utilement travaillé pour vous.....

— Pour moi! interrompit le banquier avec amertume. Quelle dérision! Seul, vous avez profité du crime, puisque maintenant, s'il fallait opérer la restitution, je serais complètement ruiné.

— C'est pour vous éviter cette fâcheuse extrémité que j'ai travaillé notre ami Gendron, le juge d'Angers, reprit Furster recouvrant toute sa tranquille assurance.

— Mais ce magistrat entrera-t-il dans nos vues?..... D'ailleurs, il n'est pas seul à juger, et si ses collègues reconnaissent la validité de la demande du colonel et de son fils, nous sommes perdus!

— Je vous le répète, Gendron sera chargé du rapport, et ses conclusions seront sûrement adoptées, surtout si vous et Mme Doutrebois vous formez une opposition sérieuse.

— Ma femme ne se prêtera à rien de semblable. Tout est donc à craindre ; mais, je vous en préviens, si je succombe, je vous entraînerai dans ma chute.

— Je me demande, par exemple, comment vous vous y prendrez pour cela, repartit Furster sarcastique.

— Quoi! après vous être enrichi à mes dépens, vous refuseriez de faire le moindre sacrifice pour m'aider à rembourser Vaubarel?

— Et de quel droit prétendriez-vous me contraindre à payer vos dettes?

— Parce que, autant et plus que moi, vous avez profité des valeurs provenant de la succession de Valentine.....

— Ceci ne serait pas très facile à prouver. Et puis, tenez, finissons-en une bonne fois avec ces récriminations absurdes. Je ne vous dois rien et vous n'aurez pas un centime de ma part.

— Alors, dit M. Doutrebois exaspéré, vous aurez touché tous les revenus de la maison de banque et vous prétendez ne rien me devoir? Vous êtes un fripon, un voleur!.....

— Oh! pas de gros mots, mon cher. Nous ne nous plaçons pas au même point de vue et nous ne saurions avoir la même notion des choses.

— Mais c'est affreux! murmura le banquier terrifié. Ah! maudit soit le jour où je vous ai rencontré!.....

— L'anathème vient un peu tard, en vérité, repartit James Furster. Désormais, nos destinées sont indissolublement liées. L'orage nous menace, cela est évident, et, seul, je puis vous aider à le détourner. Ne paralysez donc pas mon œuvre, et, pour la galerie du moins, restons unis. Au revoir, à demain.

Le banquier, brisé par cette scène, s'était rejeté sur ses coussins ; il ne put que répéter d'une voix faible :

— Oui, à demain.

XVI

LA SENTENCE DE L'ÉPOUSE

A peine la porte de la chambre d'Elie s'était-elle refermée derrière James Furster, que la lourde portière de damas vert se souleva, et Mme Doutrebois, chancelante, livide, pénétra à son tour dans la pièce.

Le banquier attacha sur elle un regard plein d'épouvante.

— Louise!..... vous ici..... Qu'avez-vous? balbutia-t-il.

— J'ai tout entendu, Elie, répondit la pauvre femme en s'affaissant sur un fauteuil.

M. Doutrebois cacha sa tête dans ses mains, et, avec un sourd gémissement :

— Oh! murmura-t-il, c'est le châtiment suprême..... Combien vous devez me mépriser!

— Vous mépriser, Elie..... Le puis-je? Vous êtes mon mari..... le père de notre fille..... Oh! que je souffre!.....

Par une réaction bien explicable, Mme Doutrebois éclata en sanglots convulsifs et, pendant plusieurs minutes, ne put prononcer une seule parole.

Alors une transformation subite s'opéra chez le banquier. Il abandonna sa chaise longue, et, presque agenouillé devant Mme Doutrebois:

— Louise, Louise, calme-toi ; ne me maudis pas, implora-t-il. Oh! je suis bien coupable, mais j'ai tant souffert pendant ces longues nuits d'insomnie où le spectre de ta sœur se dressait devant moi!..... Vingt fois, j'ai failli me trahir. Te le dirai-je? Les caresses mêmes de notre petite Geneviève me devenaient insupportables..... Oh! oui, oui..... Tu ne voudras pas me pardonner, sans doute..... Et, pourtant, pourtant, comme l'expiation a déjà été rude et longue!.....

Il pleurait à son tour, et de grosses larmes, coulant sur ses joues amaigries, vinrent tomber sur les mains de Mme Doutrebois. Celle-ci, un peu soulagée par sa violente explosion de désespoir, reprit d'une voix tremblante :

— Oui, je le crois, vous avez souffert..... Mais moi, moi, n'ai-je pas souffert aussi? La perte de ma sœur a empoisonné toute mon existence..... Que sera-ce maintenant? Comment supporter une telle honte?

Le banquier courba la tête.

— Mais comment en êtes-vous arrivé à ce degré d'abjection? poursuivit Louise. Quand nous nous sommes mariés, vous étiez loyal et bon. Vous sembliez affectionner ma sœur et son mari. Mon père se félicitait de l'union existant entre nos deux ménages, et, l'année suivante, profitant de l'isolement de Valentine, vous la faisiez lâchement assassiner.....

— Non, Louise, non, interrompit M. Doutrebois ; à chacun la responsabilité de ses actes. Certes, mes torts sont immenses, mais l'instigateur aussi bien que l'exécuteur du crime, c'est ce démon..... c'est Furster!

— Oh! l'exécrable Juif! reprit Mme Doutrebois avec un éclair dans les yeux. Si vous m'aviez écoutée.....

— Hélas! Louise, lorsque tu m'as engagé à rompre avec lui, il était trop tard. Déjà l'acte abominable était accompli.

— Mais enfin, reprit Mme Doutrebois, quand il vous a parlé de ce crime, vous deviez le repousser avec horreur.

— Avec une habileté infernale, le misérable a profité des circonstances pour m'entraîner dans l'abîme. Il s'est bien gardé de me faire connaître au juste ses intentions. C'est ce matin seulement que j'ai appris comment s'est accompli le drame de La Possonnière.

— D'après Furster, vous saviez que Valentine et son fils n'arriveraient jamais à La Chesnaie.....

— Devant des faits accomplis depuis si longtemps, ce monstre n'a pas de peine à dénaturer encore une fois la vérité. Du reste, je vais compléter mes explications. Lorsque la guerre éclata, notre jeune maison de banque était fondée depuis deux ans à peine et déjà nous avions eu à nous débattre contre de pénibles difficultés. Furster, qui avait promis un apport de deux cent mille francs, trouvait toujours des motifs pour retarder la réalisation de sa promesse. La baisse de toutes les valeurs de Bourse, l'arrêt complet de toute transaction à partir de l'investissement de Paris achevèrent de compromettre notre situation, et, en octobre 1870, nous étions acculés à la faillite.....

— Mais à cette époque, interrompit Mme Doutrebois, je me trouvais à la tête d'une belle fortune, et, pour sauver la situation, je n'aurais reculé devant aucun sacrifice.

— Louise, nous étions trop nouvellement mariés, et je n'osais te faire part de mes tourments. D'ailleurs, Furster me représentait la position sous les plus sombres couleurs. Un jour, il me tint ce langage : « Le capitaine de Serquigny est mort, sans doute, comme votre beau-père. Si sa femme et son enfant n'existaient pas, vous seriez à la tête d'une grande fortune, et tous nos désastres seraient vite réparés. » D'abord, je n'attachai aucune importance à ces propos. Mais Furster me répétait à satiété : « Mme de Serquigny ne résistera pas à son chagrin. Quant à l'enfant, pauvre petit être frêle, il n'y a pas à compter sur lui. » Ces paroles et autres allusions du même genre finirent par m'habituer peu à peu à la pensée de la disparition de ta pauvre sœur. Nous en étions là quand Valentine annonça qu'elle se décidait à venir avec nous habiter La Chesnaie. Je fis part de cette nouvelle à Furster, et il me proposa aussitôt d'aller la chercher. « Les routes sont peu sûres, en ce moment, disait-il. Une jeune femme seule, avec un enfant en bas âge, court des dangers sérieux. » Je le remerciai de cette attention, lui affirmant que tu lui en serais certainement reconnaissante. Alors il me supplia de te laisser ignorer cette circonstance. « Qui sait? ajoutait-il, malgré tous mes efforts, tous mes soins, votre belle-sœur et son fils peuvent être victimes d'un accident. La saison est rigoureuse ; on ne sait pas ce qui peut arriver. La disparition de Mme de Serquigny vous ferait gagner, à vous personnellement, plus d'un million..... » Que te dirai-je, Louise? Le tentateur plaida très bien sa cause ; je te cachai son départ ; mais, je te le jure, j'espérais toujours voir arriver ta sœur et Maurice. Trois jours plus tard, un télégramme de Furster m'appelait à Lyon, où il venait d'arriver seul!..... Il me raconta je ne sais quelle histoire..... Mme de Serquigny s'était arrêtée malade à Nevers..... Si elle ne mourait pas en route, elle nous rejoindrait très prochainement....., Enfin, vous savez le reste..... C'était le commencement de la vie de dissimulation, de remords et de terreur qui a été mon partage depuis ce moment fatal.....

Et Elie Doutrebois attacha sur sa femme un regard anxieux. Elle comprenait la lourde part de responsabilité qui lui incombait dans le forfait dont Furster avait assumé l'exécution. Et pourtant, ce pardon, si humblement sollicité, elle eût voulu l'accorder, car cet homme, ce criminel, était son mari, le père de sa fille..... Oui, mais la victime était sa sœur!..... Et depuis un quart de siècle, Louise elle-même profitait du fruit du crime.....

Soudain, se redressant :

— Elie, dit-elle, nous avons avant tout une grande œuvre à accomplir. Le fils de Valentine existe.....

— Oui, dit tout bas le banquier.

— Et, si j'ai bien compris les paroles de Furster, ce fils ne serait autre que le lieutenant Vaubarel.

— Oui, dit encore M. Doutrebois. N'est-ce point extraordinaire que cet enfant se soit retrouvé à Madagascar juste à point pour sauver la vie du colonel de Serquigny?

— Dites plutôt, Elie, que les voies de la Providence sont impénétrables. Elle a permis cette rencontre afin d'atténuer les conséquences de votre crime. La justice de Dieu retrouve toujours ses droits. Aujourd'hui, la réparation ne se fera pas attendre.

M. Doutrebois poussa un profond soupir.

— Je savais bien, dit-il, qu'aussitôt la vérité connue, vous voudriez faire toutes les restitutions nécessaires.

— Je vous remercie, du moins, de n'avoir pas douté de moi à ce sujet.

— Oh! je ne chercherai point à combattre votre résolution. Elle m'importe peu, d'ailleurs, car mes jours sont comptés, et bientôt je n'aurais plus besoin de rien. Seulement, Louise, réfléchissez. Geneviève, notre gendre, que diront-ils quand ils se verront ainsi dépossédés, ruinés?

— M. d'Avenel ne voudra pas conserver une minute le bien appartenant à autrui, répondit Louise. D'ailleurs, cette restitution me regarde seule.

Mme Doutrebois était véritablement transformée. La femme passive, indolente et larmoyante avait fait place à une personne calme, réfléchie, absolue. M. Doutrebois soupira derechef.

— Faites ce que vous voudrez, dit-il. J'ai perdu le droit de vous imposer mes volontés.

— Vous allez me donner les lettres à mon adresse que vous avez détournées, continua Louise.

Sans répondre, le banquier se releva péniblement, se traîna vers un chiffonnier et prit, dans un tiroir, un portefeuille.

— Voici la lettre de M. de Serquigny ; elle est datée de Lourdes, dit-il en remettant un papier à Mme Doutrebois.

Le colonel lui racontait comment il avait retrouvé son fils ; mais, avec une délicatesse parfaite, il s'abstenait de faire la moindre allusion aux questions d'intérêt proprement dites. Regardant la date de la lettre :

— Mais, reprit Mme Doutrebois, le colonel et Maurice, que pensent-ils de mon silence? Vous deviez bien le comprendre, cependant ; toutes ces manœuvres ne peuvent améliorer la situation.

— Furster m'assurait qu'il suffisait de gagner du temps pour parer à toute éventualité fâcheuse, répondit piteusement Elie. Du reste, jusqu'à présent, on ne s'est point trop alarmé de votre silence, car voici la lettre que Maurice vous écrivait hier...

Dans cette épître datée d'Angers, le jeune lieutenant confirmait le récit de son père et terminait par ces mots :

Espérant pouvoir causer longuement avec vous, lors de votre voyage à Angers, mercredi prochain, je vous quitte, chère tante, car j'ai beaucoup de courses à faire ce soir. Il nous tarde d'en avoir terminé avec ces fastidieuses formalités de procédure.....

— Pourquoi Maurice m'attend-il à Angers, interrogea Mme Doutrebois, interrompant sa lecture.

— Voici une assignation vous appelant à l'audience du 15 décembre, pour apporter votre témoignage dans l'enquête relative à la rectification d'état civil demandée par MM. de Serquigny, répondit M. Doutrebois en remettant à sa femme une troisième feuille de papier...

— Bien! je partirai pour Angers après-demain à la première heure, dit froidement Mme Doutrebois. Vous n'avez rien autre chose à me remettre?

— Non, Louise, seulement.....

Il s'arrêta, hésitant.

— Parlez, dit Mme Doutrebois.

— Seulement, je voudrais bien ne plus voir Furster, continua le banquier d'un ton craintif.

— C'est facile. Je vais installer une Sœur garde-malade à votre chevet avec mission de ne recevoir personne.

— Ah! c'est une excellente idée, cela, dit le banquier avec un soupir de soulagement.

— Mais n'avez-vous point d'autres dispositions à prendre vis-à-vis de ce misérable Furster?

— Quelles dispositions? demanda Elie.

— Vous ne pouvez pas continuer l'association dans laquelle vous avez joué constamment le rôle de dupe.

— Ce n'est que trop vrai, mais, malade comme je le suis.....

— Il faut voir votre notaire, votre avocat, que sais-je? Des mesures s'imposent.

— Eh bien! puisque vous le désirez, Louise, avertissez mon

notaire. En attendant sa visite, permettez-moi de me reposer un peu. Je suis brisé, et, pourtant, pourtant, je respire plus à l'aise, maintenant. Oh! si je pouvais obtenir votre pardon.....

— Je vous répondrai à mon retour d'Angers, Elie, dit gravement Mme Doutrebois.

XVII

MAURICE OU CHARLES?

Elles avaient passé vite, ces journées bénies du pèlerinage de Lourdes, pour Maurice et son père, ainsi que pour Mlle Suzanne d'Avenel. Aux pieuses et saintes émotions que soulève, dans tous les cœurs croyants, la vue du sanctuaire miraculeux, se mêlaient, surtout pour les deux jeunes gens, des impressions de bonheur d'une douceur infinie.

Pourtant, la promesse du colonel à Mlle d'Estizac avait été scrupuleusement gardée. Pas la moindre allusion au projet d'une union plus ou moins prochaine n'avait été faite par Maurice ni par Mme Vaubarel.

Par exemple, Mlle Mireille n'avait point cru manquer de discrétion en révélant à sa jeune cousine le lien de parenté existant entre M. de Serquigny et le lieutenant Vaubarel.

Le colonel s'était décidé à écrire d'abord à Mme Doutrebois, pensant que la joie de retrouver le neveu si longtemps pleuré lui aiderait à faire accepter plus facilement à son mari l'amertume résultant de la découverte inattendue du véritable héritier de Fresnières.

Aussi fut-il fort surpris de ne pas recevoir de réponse à sa lettre. Maurice, trop heureux pour ne pas voir tout en rose, lui fit remarquer que leur séjour à Lourdes s'étant prolongé un peu au delà de leurs prévisions, Mme Doutrebois avait probablement écrit à La Possonnière.

Le soir même, Mlle d'Avenel apprenait à ses amis qu'elle venait de recevoir des nouvelles de Paris. Geneviève lui annonçait que l'état de santé de son père donnait de grandes inquiétudes.

— Cela explique le silence de Mme Doutrebois, dit alors le lieutenant.

Le lendemain, M. de Serquigny reçut de son avocat d'Angers une lettre peu encourageante :

Je serais heureux de vous voir rentrer le plus tôt possible, lui écrivait-il. Notre affaire ne marche pas aussi bien que je le souhaiterais. Après avoir montré les meilleures dispositions, le juge chargé du rapport a fait tout à coup volte-face. Il ergote sur la validité de nos preuves.....

— Voilà le signal de la fin de nos vacances, dit le colonel à son fils. Les nouvelles qui m'arrivent du ministère me permettent d'espérer pour toi, avant la fin de l'année, la croix de la Légion d'honneur avec le grade de capitaine. Je tiens à ce que ces nominations soient faites à ton véritable nom. Mais nous devons en finir d'abord avec ces interminables formalités judiciaires. Nous partirons ce soir même.

Malgré son regret de quitter Suzanne, le jeune lieutenant ne pouvait rien opposer à ce sage langage, et, après avoir pris congé de Mlle Mireille et de sa jeune parente, Mme Vaubarel et les deux officiers reprirent la route de l'Anjou.

Mlle d'Estizac avait senti croître grandement la sympathie que le colonel et le lieutenant lui avaient inspirée dès leur première rencontre. Elle n'en était que plus impatiente d'apprendre l'heureuse issue du procès d'Angers, sachant bien qu'ensuite la délicate question du mariage de Suzanne marcherait toute seule.

Nature très ferme et très vive, l'incertitude lui pesait. Elle attendait son neveu avec une véritable anxiété, et ce fut une réelle déception pour elle lorsque, le surlendemain du départ de M. de Serquigny, elle reçut une lettre de Georges ainsi conçue :

Nous pensions, ma femme et moi, avoir le plaisir de vous voir la semaine prochaine, en allant chercher notre petite Suzanne. Mais l'état de santé de M. Doutrebois interdit à Geneviève de s'absenter en ce moment et me force moi-même à ne pas quitter Paris.

Serait-ce abuser de votre bonté, chère tante, de vous prier de nous ramener vous-même notre sœur? La maison nous paraît bien grande sans elle, surtout à cette heure d'épreuve où, sans savoir pourquoi, nous avons tous le cœur serré comme à l'approche d'un malheur.....

— Quel langage! s'écria Suzanne. Jamais Georges ne s'est montré aussi sombre..... Comment faire pour répondre à son appel, ma tante?

— Ma chère petite, nous nous mettrons en route quand vous le voudrez, répondit simplement Mlle d'Estizac.

— Oh! tante, que vous êtes bonne! dit Suzanne en l'embrassant.

— La lettre de Georges m'inquiète un peu, poursuivit Mlle Mireille. Il ne nous parle même pas de l'existence du cousin de sa femme.

— Je connais mon frère, ma bonne tante. S'il garde le silence avec nous, c'est qu'il ne sait rien encore.

— C'est bizarre. Enfin, dans deux jours, nous aurons le mot de l'énigme.

Et, en effet, le surlendemain 13 décembre, vers midi, Mlle d'Estizac et Suzanne descendaient boulevard Haussmann.

En traversant le porche, les deux dames croisèrent James Furster qui sortait de chez M. Doutrebois. La jeune fille poussa Mlle Mireille du coude :

— Admirez l'oncle du plus israélite de mes prétendants, lui dit-elle à voix basse.

— Oh! le déplaisant personnage! répondit sur le même ton Mlle d'Estizac.

Elles n'eurent pas le temps d'insister sur ce sujet. Georges d'Avenel descendait l'escalier quatre à quatre.

— Chère Suzanne, bonne tante, que je suis heureux de vous voir! dit-il en les embrassant.

— A ton appel, nous sommes accourues, mon bon Georges, répondit Suzanne avec effusion.

— J'ai de funestes pressentiments, reprit Georges.

Ils arrivaient au troisième étage. A son tour, Geneviève vint au-devant de sa belle-sœur et de Mlle Mireille et leur fit un très gracieux accueil.

— Comment est votre cher malade, aujourd'hui? lui dit Mlle d'Estizac.

— En vérité, ma tante, je n'en sais rien, répliqua Mme d'Avenel. Ce matin, ma mère m'a dit qu'il dormait encore après une nuit pénible. Je suis redescendue à 11 heures. Maman, enfermée dans sa chambre, n'a pas daigné m'ouvrir. Papa était en conférence avec M. Furster.

— Il vient de partir, interrompit Suzanne. Nous l'avons rencontré en bas.

— Ah! il a fait une longue visite, paraît-il, repartit Geneviève. En tout cas, maintenant, je n'irai voir maman qu'après le déjeuner.

Georges et les trois dames passèrent dans la salle à manger, et les jeunes époux engagèrent avec les voyageuses une conversation animée. On était à la fin du dessert, quand M. d'Avenel dit avec négligence :

— A propos, Suzanne, n'as-tu pas revu à Lourdes M. de Serquigny et le lieutenant Vaubarel?

— Oui, répondit la jeune fille, dont une vive rougeur empourpra le visage.

— C'est étrange! Ces messieurs n'avaient jamais parlé à Fresnières de leur intention d'aller dans les Pyrénées.

— Sans doute, dit Mlle d'Estizac ; ils ne prévoyaient pas le pèlerinage d'actions de grâce qu'ils allaient avoir à effectuer.

— Comment cela? reprit Geneviève. S'il s'agit d'un vœu fait à Madagascar, ils auraient dû l'accomplir en arrivant en France.

— Il n'est pas question des événements de Madagascar, répliqua Mlle Mireille. Le colonel avait promis, il y a de longues années, un voyage à Lourdes s'il retrouvait sa femme et son fils. Lorsqu'il a reconnu que le lieutenant Vaubarel était précisément l'enfant depuis si longtemps recherché, il n'a pas voulu tarder davantage à tenir sa promesse.

Un double cri jaillit des lèvres de Georges et de Geneviève.

— Que dites-vous, ma tante? s'écria la jeune femme. Le lieutenant serait le fils de M. de Serquigny?

— Oui, Geneviève. Comment ignorez-vous cela? Mme Doutrebois a été instruite, par le colonel, de l'existence de son neveu, il y a bientôt deux semaines......

— Allons donc! c'est impossible, dit Georges, incrédule.

Un léger coup frappé à la porte lui coupa la parole. En même temps, Mme Doutrebois, pâle comme une morte, se dressa sur le seuil. A la vue de Suzanne et de Mlle Mireille, elle eut un mouvement de recul. Les deux dames, au contraire, se levèrent vivement, et Geneviève s'élança à la rencontre de sa mère :

— Ciel! mère, que se passe-t-il? Mon père est plus mal?

La femme du banquier avait eu le temps de se remettre un peu, et, saluant les voyageuses, elle entra dans la salle à manger.

— Non, Geneviève, dit-elle. Mais je venais te demander de faire deux ou trois courses indispensables. J'arrive mal, je reviendrai....

— Mais nullement, chère Madame, s'écria Suzanne. Vous allez, au contraire, nous permettre de nous retirer.

— Je suis à ton entière disposition, mère, disait en même temps Mme d'Avenel.

Georges constatait, aussi bien que Geneviève, le trouble extraordinaire de Mme Doutrebois, et, soudain, comme un homme prenant une subite résolution :

— Pardon, ma mère, un seul mot, je vous prie, dit-il. Ces dames nous apprennent une surprenante nouvelle : le cousin de Geneviève serait vivant?

— C'est exact, Georges, Maurice de Serquigny existe, répondit Louise.

— Tu savais cela et tu ne nous en disais rien? s'écria Geneviève.

— Comment aurais-je pu t'en parler plus vite, ma pauvre enfant? répliqua Mme Doutrebois. Je connais cette nouvelle depuis une demi-heure.

Mlle d'Estizac éprouvait un réel embarras.

— Peut-être ai-je été indiscrète, Madame, dit-elle, en révélant cette circonstance à vos enfants. La faute en est au colonel de Serquigny qui nous a assuré l'autre jour, à Lourdes, vous avoir informée de tous les détails de cet événement providentiel.

— Et le colonel disait l'exacte vérité, Mademoiselle, répondit Mme Doutrebois. Mais sa lettre, égarée dans les bureaux de mon mari, ne m'a été remise que ce matin.

— Est-il vrai aussi que Maurice et le lieutenant Vaubarel ne fassent qu'une seule et même personne? demanda Geneviève.

— Oui.

— C'est fantastique. On dirait un conte des Mille et une nuits.

— Voici les lettres qui, je vous le répète, m'ont été remises aujourd'hui seulement, continua Louise.

Elle se laissa tomber sur un siège. Mlle Mireille et Suzanne se levèrent de nouveau.

— Vous nous excuserez de vous quitter ainsi, chère Madame, dit Mlle d'Avenel à Mme Doutrebois. Nous venons d'arriver et nous avons à nous occuper de nos bagages. Demain, nous aurons le plaisir de descendre chez vous.

Mlle d'Estizac et Suzanne s'éloignèrent, tandis que Georges et Geneviève prenaient connaissance des documents apportés par leur mère. Mme d'Avenel, la première, reprit la parole.

— Tout cela est vraiment bien extraordinaire, dit-elle. Sommes-nous donc forcés d'ajouter foi aux allégations de mon oncle et de M. Vaubarel?

Elle prononçait le nom du jeune officier avec un singulier accent de dédain. Georges fronça le sourcil.

— L'enquête, ouverte à Angers, dit-il, nous édifiera complètement à cet égard, mais, d'ores et déjà, je suis absolument convaincu de la véracité de ce récit.

— Ah! où puisez-vous votre conviction? demanda Geneviève ironique.

— J'ai parlé du lieutenant Vaubarel à un officier supérieur l'ayant beaucoup connu à Saint-Maixent, et, suivant lui, il n'était bien que le fils adoptif des braves Angevins.

— C'est fort possible, mais, pour un enfant sans nom et sans famille, il va véritablement faire un beau rêve, continua Mme d'Avenel sans modifier son ton agressif.

— Geneviève, intervint Mme Doutrebois, pourquoi ces insinuations? Ne te souviens-tu pas qu'à Fresnières, le soir de l'arrivée du lieutenant, tu me faisais toi-même remarquer sa ressemblance avec le portrait de mon frère, mort au Mexique en 1862.

Geneviève baissa la tête un peu confuse.

— C'est vrai, dit-elle. J'avais totalement oublié cela. La ressemblance était, en effet, frappante.

— Il me faut maintenant, mes enfants, achever ma confidence, continua la femme du banquier. J'ai inventé, devant ces dames, une histoire de lettres égarées. La vérité, c'est que votre père n'osait me communiquer ces documents, craignant surtout l'ennui que vous en éprouveriez.....

— Oh! ma mère, interrompit vivement M. d'Avenel. De mesquines considérations d'intérêt ne sauraient nous empêcher de nous réjouir du bonheur du colonel et de son fils.

— Merci, Georges, dit Mme Doutrebois.

Un malin sourire errait toujours sur les lèvres de Geneviève.

— Puis-je compter sur votre obligeance, Georges, continua Mme Doutrebois, pour m'aider dans les multiples occupations que m'occasionnera la réapparition de Maurice? Je vais être obligée d'aller à Angers. Voudrez-vous m'y accompagner?

— Très volontiers, ma mère. Je me mets à votre entière disposition.

XVIII

MAGISTRATS MODERN-STYLE

Le premier soin de M. de Serquigny et de Maurice, à leur retour de Lourdes, fut d'aller chez leur avocat d'Angers.

— Votre dernière lettre nous a inquiétés, lui dit le colonel. Comment se fait-il qu'une affaire aussi simple souffre tant de difficultés? Pourquoi avez-vous assigné ma belle-sœur avant même qu'elle n'ait répondu à ma première lettre?

— J'ai été bien forcé d'agir ainsi, répondit l'avocat, devant le mauvais vouloir du juge rapporteur. Du jour au lendemain, il a fait volte-face.

— Il ne connaît pas l'affaire, alors?

— Il est au courant de tout, au contraire, mais il prétend que vous avez imaginé un habile roman afin d'assurer la possession d'une belle fortune à l'officier qui vous a sauvé la vie.

Le colonel bondit sur son siège.

— Ah ça! mais je vais aller le cravacher, votre juge, s'écria-t-il. Il nous prend pour des voleurs.....

— Oh! non, il ne va pas jusque-là.....

— Pardon, interrompit Maurice. On ne pourrait qualifier autrement des individus capables d'inventer un tel stratagème pour dépouiller la famille Doutrebois.

— C'est évident, appuya le colonel furieux. Comment ce juge se nomme-t-il? Je veux lui faire connaître immédiatement ma façon de penser.

— Mon cher colonel, la violence n'avancerait en rien nos affaires, soyez-en certain, dit l'avocat en riant. J'ai fait mon profit des indications de ce singulier magistrat en demandant une enquête pour le 15 décembre.

— Croyez, cher maître, que nous vous sommes très reconnaissants de votre zèle, répliqua le colonel un peu calmé.

M. le juge Gendron avait étudié d'abord le dossier de Serquigny en amateur, très décidé cependant à défendre les droits de l'orphelin dépossédé de son nom et de sa fortune. Mais du jour où on lui avait fait comprendre que l'intérêt supérieur de la Maçonnerie, dont lui, Gendron, était dans l'Anjou l'un des chefs principaux, exigeait l'anéantissement des prétentions de Maurice, il avait juré de donner ce nouveau gage de l'obéissance à la secte.

Par exemple, il fut très contrarié en apprenant que l'avocat de MM. de Serquigny demandait une enquête immédiate, et il se hâta d'en informer James Furster.

«Mon rapport conclut au rejet de la demande, lui écrivait-il, mais vous devinez l'effet désastreux de la déposition de Mme Doutrebois, si, par impossible, elle venait reconnaître la légitimité des prétentions du lieutenant. Je vous en conjure, n'épargnez rien pour l'empêcher de comparaître.

Le matin du 15 décembre, il recevait la réponse de l'honorable James Furster :

Merci de votre sollicitude pour les intérêts de notre grande cause, lui écrivait le financier israélite. Nous n'avons rien à craindre maintenant, et les circonstances nous favorisent. Mme D... n'a reçu ni l'assignation ni les lettres à elle adressées au sujet de cette affaire. D'ailleurs, la santé de son mari ne lui permet pas de le quitter en ce moment..... Nous accueillerons avec allégresse la nouvelle de votre succès, et vous aurez promptement l'occasion de venir à Paris vous associer à notre joie et à tous nos travaux.

Les plus doux rêves berçaient encore M. Gendron à l'instant où il franchissait le seuil de la salle d'audience où devait se décider le sort de Maurice de Serquigny.

Il était 1 h. moins 10. Le jeune homme était là, accompagné de son père, de Mme Vaubarel et de trois ou quatre vieux habitants de La Possonnière qui, à des titres divers, avaient joué un rôle dans le drame de 1870. Maurice, pâle et un peu nerveux, dit à mi-voix à l'avocat qui s'avançait vers eux :

— Avez-vous des nouvelles de Mme Doutrebois?

— Non. Elle ne vous a pas écrit?

— Nous n'avons rien reçu. C'est inexplicable.

Tout à coup, deux autres personnages entrèrent dans la salle, et la physionomie de Maurice se rasséréna.

— Ma tante et M. d'Avenel, dit-il en se levant vivement.

Georges vint serrer les mains du colonel et de son fils, tandis que Mme Doutrebois leur disait d'une voix tremblante :

— Pardonnez-nous d'arriver si tard. Par suite de la maladie de mon mari, je n'ai pu partir plus tôt..... Le temps m'a manqué aussi pour vous écrire.

— Oh! ma tante, c'est à nous de vous demander pardon du dérangement que nous vous causons, balbutia Maurice.

Une heure sonnait à la pendule de la salle.

— Le tribunal! annonça l'huissier de service.

Le président et les juges vinrent prendre place, et le juge Gendron inspecta du regard l'enceinte réservée aux parties.

Quels étaient ces étrangers auprès desquels s'empressaient les deux officiers? Furster s'était-il donc trompé en annonçant l'abstention de Mme Doutrebois? Enfin, on allait savoir bientôt à quoi s'en tenir.

Le président évoqua l'affaire de Serquigny et donna l'ordre à l'huissier de faire l'appel des témoins.

Le nom de Mme Doutrebois fut prononcé le dernier de tous. Celle-ci se leva et remit à l'huissier la citation que, pendant près d'une semaine, son mari lui avait cachée.

Furieux, le juge rapporteur éprouva le besoin de décharger sa mauvaise humeur, et, se tournant vers l'avocat de M. de Serquigny :

— Que vient faire ici Mme Doutrebois? dit-il d'un ton rageur. A quel titre l'avez-vous assignée?

La femme du banquier se leva et répondit d'un ton ferme :

— Après le colonel, je suis la plus proche parente de Maurice, puisque Mme Valentine de Serquigny était ma sœur.

— Je ne vois pas en quoi ce degré de parenté peut autoriser Madame à venir déposer sur la demande de ces messieurs, reprit le juge toujours agressif.

Cette fois, l'avocat demanda la parole.

— Monsieur le président, dit-il, avant de procéder à l'audition des témoins, nous avons, ce me semble, diverses autres formalités à remplir. Vous voudrez donc bien permettre à Mme Doutrebois d'attendre quelques instants pour répondre aux questions de M. le juge rapporteur.

M. Gendron se mordit les lèvres. La lecture de son filandreux rapport lui rendit quelque présence d'esprit. Avec un art digne d'une meilleure cause, le magistrat glissait sur toutes les circonstances favorables à la thèse de M. de Serquigny et faisait habilement ressortir les obscurités, les points défectueux pouvant prêter à la critique. Suivant lui, Charles Vaubarel était un enfant abandonné, élevé par charité chez les propriétaires de l'hôtel de La Possonnière, auxquels l'aimable juge décernait, pour ce fait, les plus chaleureux éloges. Mais rien ne prouvait qu'il fût le fils légitime de M. et de Mme de Serquigny. L'idée de cette revendication n'était même pas venue aux demandeurs, pendant leur long séjour à Madagascar.

Sans doute, le rapporteur ne suspectait point la loyauté du valeureux soldat, mais s'il prétendait reconnaître son fils dans le lieutenant qui lui avait sauvé la vie, ce ne pouvait être que par une illusion respectable.

— Ah! par exemple! et les bijoux de cette pauvre dame que M. de Serquigny a reconnus de suite, s'écria tout à coup Mme Vaubarel, rouge de colère.

— Silence! glapit l'huissier de service.

D'un geste onctueux, le président fit signe à Mme Vaubarel de se rasseoir.

— Un peu de patience, s'il vous plaît, Madame, dit-il.

Le rapporteur continua sa lecture.

La question des bijoux semblait, au premier abord, militer en faveur de la thèse de Maurice. Mais, après tant d'années écoulées, M. de Serquigny était-il bien sûr de ne pas commettre d'erreurs? D'ailleurs, il y a des bijoux qui se ressemblent. La similitude des initiales même ne pouvait suffire à établir une preuve, car des milliers de personnes portent des noms commençant par les mêmes lettres, et rien ne démontrait que les objets trouvés chez Mme Vaubarel eussent réellement appartenu à Mme de Serquigny.....

Le colonel tortillait fiévreusement sa moustache grise, et, sans les coups d'œil et les signes de son avocat, il eût certainement relevé de la belle façon les insinuations du rapporteur. Quant à Maurice, frémissant, agité d'un tremblement nerveux, il serra convulsivement la main de M. d'Avenel, assis à côté de lui, en disant à voix basse :

— Oh! croyez-vous à ces infamies? C'en est trop!

— Chut! dit Georges. Je douterais de moi-même plutôt que de votre père et de vous. Mais je devine d'où le coup part.

Maurice le regarda étonné.

— Patience, continua M. d'Avenel. Vous me comprendrez bientôt. Justice sera faite pour tous.

On procédait à l'audition des témoins. Les habitants de La Possonnière refirent le récit de la mort de Valentine et de l'adoption du petit Charles. Mme Vaubarel raconta aussi très simplement comment, au cours d'une conversation fortuite, elle avait mis le colonel au courant des incidents qui avaient amené la reconnaissance inattendue du père et du fils. Tout cela n'apprenait rien de nouveau.

En somme, le véritable arbitre de la situation était Mme Doutrebois, et le président lui posa à brûle-pourpoint cette question :

— Je ne saisis pas bien, Madame, pourquoi l'on vous a convoquée ici, mais, à tout hasard, je vous prierai de vouloir bien nous dire ce que vous pensez des prétentions du lieutenant Vaubarel.

Mme Doutrebois se retourna vers le jeune homme :

— Ces messieurs disent la vérité, j'en suis sûre, fit-elle, et celui que vous appelez le lieutenant Vaubarel est bien réellement mon neveu, Maurice de Serquigny.

Un soupir de soulagement sortit des poitrines oppressées des deux officiers.

— Pesez bien vos paroles, Madame, fit le président. Vous n'ignorez pas que votre adversaire revendiquera la succession de Mme Valentine de Serquigny.

— Je ne lui en laisserai pas le temps, repartit Louise, car je suis prête à lui rendre, dès demain, cette fortune que j'ai toujours considérée comme un simple dépôt.

— Mais, Madame, dit le président, vous êtes en pouvoir de mari, et les motifs qui vous font reconnaître si facilement la validité de la demande de ces messieurs ne s'appuient sur rien.

— D'abord, Monsieur le président, toutes les circonstances de la disparition de ma malheureuse sœur concordent parfaitement avec les dépositions que vous venez d'entendre..... Ensuite, quand M. Vaubarel vint passer quelques jours à Fresnières, dès le jour de son arrivée, ma fille et moi nous constatâmes sa ressemblance frappante avec le portrait d'un frère que j'ai perdu il y a de longues années.....

— On ne peut voir en tout cela que de simples présomptions, interrompit le président du tribunal.

— Enfin, continua Mme Doutrebois, je crois pouvoir apporter un témoignage concluant en ce qui concerne les bijoux de Mme de Serquigny.

— Oh! clama le juge Gendron, on voit bien que votre siège est fait.

Cette fois, l'avocat de Maurice s'interposa.

— Pardon, Monsieur le président, dit-il. Je ne puis laisser mettre ainsi en suspicion le témoignage d'une personne parfaitement honorable. Le mari de Mme de Serquigny est certainement plus qualifié que personne pour reconnaître des objets ayant appartenu à sa femme. J'insiste donc pour que les écrins, que j'aperçois là sur cette table, lui soient présentés.

— Vous vous méprenez, maître, repartit le président. Il n'a jamais été question de refuser de montrer ces bijoux au témoin.

— Et moi, Monsieur, je ne vous demande même pas cela, interrompit Louise Doutrebois. Je veux simplement vous donner quelques explications. Je me mariai dix-huit mois après ma sœur et je priai M. Doutrebois de me donner une corbeille semblable à celle de Mme de Serquigny. Il y consentit, et, muni de la facture de mon beau-frère, il alla chez Fontana, le bijoutier du Palais-Royal, qui lui vendit des bijoux exactement pareils à ceux qu'il avait fournis précédemment à M. de Serquigny. Seule, la montre différait un peu, le chiffre n'étant pas le même. Au lieu des initiales V. S., elle porte les lettres L. D. en roses blanches sur fond d'émail bleu.

Ouvrant un petit sac qu'elle tenait à la main, Mme Doutrebois poursuivit :

— Voici ces bijoux avec les deux factures au nom de ces messieurs. Je n'ai pas vu les objets présentés par Mme Vaubarel, mais s'ils sont semblables à ceux-ci, j'affirme que ce sont bien ceux ayant appartenu à ma pauvre sœur.

Elle remit au tribunal deux ou trois écrins. Du coup, les malheureux magistrats ne trouvèrent plus rien à dire. MM. de Serquigny et leurs amis comparèrent tour à tour les bijoux. Aucun doute ne pouvait subsister.

La tâche de l'avocat se simplifiait grandement. Il se donna néanmoins le malin plaisir de faire ressortir les étranges allégations du rapport et rétablit en quelques mots d'une noble énergie la vérité sur le caractère de ses clients et sur le désintéressement et la loyauté dont Mme Doutrebois venait de faire preuve.

Le prononcé de la sentence fut renvoyé à huitaine.

A 4 heures, l'audience était levée, et Maurice et son père purent enfin exprimer à Mme Doutrebois et à Georges toute leur reconnaissance.

— Pourtant, j'ai un reproche à vous adresser, ma tante, dit le jeune officier. Ce règlement s'accomplira de bon accord, et je vous supplie de ne point vous en tourmenter.

— Tout cela se régularisera, répondit Georges. Mais, mon oncle, permettez-moi une question : n'aviez-vous pas à votre service, à l'instant de la guerre, une femme de chambre du nom de Marthe Legris?

— Oui, oui, s'écria vivement M. de Serquigny. Elle avait quitté Fresnières avec ma femme..... J'aurais voulu la retrouver.

— Marthe a été au service de ma mère pendant cinq ou six ans ; puis, vers 1878, elle s'est mariée avec notre cocher Prosper Deschamps. Je les ai revus, par hasard, il y a trois semaines, à l'occasion du mariage de mon ami de Verneuil, et hier il m'est venu à la pensée que Marthe devait pouvoir fournir de précieux renseignements.

— Oh! certes, s'écria le colonel avec chaleur. Comment vous remercier, mon cher ami? Après la reconnaissance des droits de Maurice, il me reste un autre devoir à remplir : venger la mort de ma pauvre femme. Or, Marthe seule peut nous donner le mot de cette terrible énigme.

— Eh bien! venez à Paris le plus tôt possible et je vous conduirai chez elle.

— D'ici huit jours nous y serons. D'ailleurs, vous n'ignorez pas quel autre motif pressant nous y appelle, continua M. de Serquigny. Mlle d'Estizac, il est vrai, n'a peut-être guère eu le temps de vous en entretenir.....

— Elle m'en a dit assez pour que je devine le reste, interrompit Georges en souriant. A bientôt donc.

XIX

RÉCONCILIATION SUPRÊME

— Les meilleurs médecins peuvent se tromper, Madame. Croyez-moi, il est temps de prendre vos précautions. Peut-être avez-vous déjà averti un prêtre, disait à Mme Doutrebois une religieuse appelée au chevet de son mari.

Louise Doutrebois baissa la tête confuse.

— Mais non, ma Sœur, dit-elle. Je vous le répète, je ne crois pas à un danger immédiat et je n'ose pas inquiéter inutilement mon mari.

Hélas! la pauvre femme partageait sous ce rapport les préjugés du monde. Elevée elle-même chrétiennement, elle avait d'abord éprouvé un véritable chagrin de voir ses croyances dédaignées et bafouées par le compagnon de son existence. Mais les timides efforts par elle tentés pour réagir avaient été si mal accueillis que, depuis longtemps, elle s'était résignée au silence.

Quoi qu'il en soit, Mme d'Avenel résolut de faire venir en consultation, avec le médecin habituel de la famille, une des célébrités de la capitale. Elle se soumit sans observation au désir manifesté par sa fille. Depuis deux jours, du reste, il ne sortait de sa torpeur que pour répéter d'une voix plaintive à sa garde-malade :

— Si M. Fairster vient, empêchez-le d'entrer. Je ne veux pas le voir, je suis trop fatigué.....

La veille, cependant, il avait demandé son notaire, et, après une longue conférence avec lui, il disait à Mme Doutrebois :

— Vos vœux seront accomplis, Louise. D'ici quelques jours, mon association avec James Funster sera résiliée.

La consultation des deux docteurs fut longue. Geneviève, assistée de sa belle-sœur et de Mlle d'Estizac, en attendait l'issue dans une pièce voisine. Bientôt, se tournant vers Mlle Mireille :

— Ma tante, dit-elle, voudriez-vous me rendre le service d'interroger ces messieurs? Ils vous parleront plus franchement qu'à moi.

— A votre disposition, ma chère Geneviève.

Et, en effet, lorsque les médecins eurent terminé leur consultation, Mlle Mireille se présenta devant eux en qualité d'alliée de la famille et les pria de lui dire toute la vérité.

Le docteur habituel de M. Doutrebois avait la tête un peu basse. Le diagnostic de son savant confrère déroutait, en effet, toutes ses prévisions antérieures.

Le banquier était atteint d'une grave affection au foie dont l'origine devait remonter à une époque assez éloignée. Toutefois, les deux médecins étaient d'accord pour déclarer qu'une cause accidentelle récente, provenant soit d'une imprudence, soit d'une violente commotion morale, avait dû aggraver tout à coup l'état du malade.

— Mais enfin, demanda Mlle d'Estizac, n'y a-t-il aucun espoir de guérison?

— Aucun, Mademoiselle, répondit nettement le docteur. Peut-être arriverons-nous à procurer quelques soulagements passagers à M. Doutrebois, mais l'issue fatale est inévitable.

— Et combien de temps pouvons-nous espérer lui conserver la vie?

— Il est difficile de donner une appréciation exacte. D'ici deux jours, tout peut être fini.....

Mlle d'Estizac connaissait peu le banquier. Cependant, quand elle rentra auprès de Mme d'Avenel, celle-ci remarqua l'altération de ses traits.

— Je ne m'étais pas trompée, dit-elle; mon père est perdu, n'est-il pas vrai?

— Ma pauvre enfant, répondit Mlle Mireille en l'embrassant, prenez courage, non seulement pour vous, mais pour votre mère.

— Oh! oui, maman se fait encore tant d'illusions! Pourvu qu'elle ait seulement le temps de le revoir!

— Ne craignez rien, elle rentre demain matin au plus tard. Mais permettez-moi une question : M. Doutrebois a-t-il déjà vu son confesseur?

— Hélas! dit-elle, la Sœur Sainte-Angèle m'a demandé ce matin l'autorisation de lui en parler. Je l'ai priée d'attendre le retour de ma mère.

— Ecoutez, Geneviève, reprit gravement Mlle d'Estizac, vous connaissez assez vos devoirs de chrétienne..... Pourquoi laisser à votre pauvre mère, assaillie par tant d'autres préoccupations, le soin de faire cette ouverture? Vous pouvez tout au moins lui préparer les voies.

— Oh! ma tante, que me demandez-vous là? dit Geneviève troublée. Nous courons à un échec certain.

— Mais non, mais non, chère enfant. Maintes fois j'ai entendu les mêmes objections. On redoutait une opposition violente, ou bien on craignait de causer une émotion fatale au pauvre mourant, et presque toujours, au contraire, celui-ci accueillait avec joie le messager du pardon.

Geneviève demeurait silencieuse. Soudain, la porte s'ouvrit et Suzanne entra.

— M. Doutrebois vous demande, ma sœur, dit-elle.

Mme d'Avenel se leva.

— Courage encore, ma chère enfant, ajouta Mlle Mireille. Faites votre devoir sans faiblir, et, avec l'aide de Dieu, vous réussirez.

M. Doutrebois semblait, en effet, s'être ranimé quand sa fille entra dans sa chambre. Il lui tendit la main en souriant.

— Tu as bien tardé, dit-il d'une voix faible. Les médecins me trouvent bien mal, n'est-ce pas?

— Père, ils disent que tu as besoin de grands ménagements, balbutia Geneviève.

— Pourquoi chercher à m'abuser? interrompit M. Doutrebois. Je ne m'effraye pas tant que cela de quitter la vie.

— Oh! père, peux-tu parler ainsi? dit Mme d'Avenel en pleurant.

La Sœur Sainte-Angèle crut devoir intervenir.

— Pourquoi vous étonner des paroles de Monsieur votre père, Madame? dit-elle. Pour le chrétien dont la conscience est tranquille, la mort n'a rien d'effrayant.

Ces mots amenèrent une contraction sur les traits du banquier.

— La paix de la conscience..... murmura-t-il. Oui, c'est vrai, c'est le bien suprême.

— Père, reprit Geneviève avec une subite résolution, que faisons-nous, nous autres chrétiennes, aux heures de chagrin? Nous courons au confessionnal nous agenouiller aux pieds du prêtre.

— Ah! Geneviève, tu es heureuse d'avoir conservé la foi de tes jeunes années, répliqua le malade avec un profond soupir. Moi, j'ai trop vécu.

— Mais qu'importe! repartit Mme d'Avenel. Demande à ma mère quelle consolation, quel soulagement on éprouve en remplissant ses devoirs envers Dieu.....

— Ta pauvre mère..... interrompit M. Doutrebois, comme je l'ai fait souffrir!..... Peut-être serait-elle contente de me voir appeler un prêtre?

— En doutes-tu, cher papa? Elle t'en aurait certainement parlé ces jours-ci si elle n'avait craint de te contrarier.

La religieuse s'interposa de nouveau :

— Oh! Madame, dit-elle, il n'y a pas lieu de s'effrayer de l'apparition du prêtre au chevet d'un malade, au contraire. Les secours religieux contribuent grandement à la guérison physique, même dans les cas les plus graves.

— Alors, reprit le banquier sans paraître écouter la Sœur Sainte-Angèle, je ferais grand plaisir à ta mère en recevant la visite du prêtre?

— Je l'affirme absolument, papa.

— Eh bien! alors, dit Elie d'un ton ferme, je veux que tu fasses appeler le confesseur de ta mère dès ce soir.

— Père, avant une heure M. le curé de Saint-Philippe du Roule sera ici, dit Geneviève en se levant vivement et en embrassant le malade.

Elle courut rejoindre Suzanne et sa cousine, et se jetant dans les bras de la vieille demoiselle :

— Mon père consent à se confesser, dit-elle. Merci, bonne tante. Sans vos sages exhortations, jamais je n'aurais eu le courage de lui en parler.

Mme Doutrebois et M. d'Avenel arrivèrent le lendemain matin à la première heure. La femme du banquier était horriblement inquiète. Elie avait-il quitté ce monde sans recevoir son dernier adieu, sans avoir entendu la parole de consolation et de pardon qu'il sollicitait si humblement depuis quelques jours? Geneviève lut toutes ses angoisses dans son regard.

— Papa était très fatigué hier, dit-elle en l'embrassant. La nuit a été meilleure, et la Sœur Sainte-Angèle le trouve beaucoup mieux, surtout depuis la visite de M. le curé.

— Quoi! le prêtre est venu? demanda Mme Doutrebois surprise.

— Oui, sur le conseil de Mlle d'Estizac et de la religieuse, je me suis hasardée à prier papa de le recevoir, et il y a consenti.

— Dieu soit loué! murmura la femme du banquier.

— Il t'attend avec impatience, continua Mme d'Avenel. Il m'avait même recommandé de ne rien te dire.

Quelques minutes plus tard, Mme Doutrebois pénétrait dans la chambre de son mari. Celui-ci se souleva sur ses oreillers.

— Louise, enfin, vous voilà, dit-il. Ma chère Sœur, voulez-vous me permettre quelques instants de conversation particulière?

La religieuse se hâta de sortir. Mme Doutrebois prit sa place auprès du lit et serra dans les siennes la main brûlante de fièvre du banquier. Celui-ci comprit le sens de cette muette étreinte.

— Merci, Louise, dit-il. J'ai bien des choses à te raconter. Mais, d'abord, as-tu fait un bon voyage?

— Mon voyage a été très satisfaisant.

— Alors, les droits de Maurice sont établis et les plans de Furster déjoués?

— Oui, ma déposition a aplani toutes les difficultés.

— Ah! tant mieux, dit Elie avec un soupir de soulagement. Dieu a ratifié là-haut le pardon qui m'a été accordé hier soir sur la terre.

Et comme sa femme le regardait, surprise :

— Tu ne me comprends pas, poursuivit M. Doutrebois. Tu vas tout savoir : cédant aux instances de Geneviève, j'ai fait demander ton confesseur. Mon but, je puis bien te l'avouer, était tout humain. Je voulais surtout te plaire. Il est venu, ce prêtre. Je lui ai tout raconté, et de ses lèvres sont sorties des paroles si pleines de mansuétude et de douceur que je me suis senti tout à coup transformé. J'ai compris l'indignité de ma conduite et j'ai acquis aussi la conviction que la miséricorde divine est inépuisable. Par exemple, le meilleur témoignage de mes regrets, suivant le prêtre, ce serait la reconnaissance absolue et intégrale des droits de Maurice de Serquigny.

— Eh bien! Elie, je te le répète, de ce côté du moins la réparation sera complète, repartit Mme Doutrebois. Le colonel et son fils ne se doutent pas de la part que tu as prise à ces terribles événements. Dans quelques jours ils seront ici.....

— Aurai-je le temps de les revoir? interrompit mélancoliquement le banquier. Je ne le crois pas. Mais, Louise, délivre-moi du plus cuisant de tous mes soucis. Tu ne seras pas plus inflexible que le Dieu juste dont j'ai obtenu le pardon.

— Elie, je te pardonne, et je demande au ciel de me permettre d'oublier cet affreux passé, répondit Mme Doutrebois, très émue. Qu'il n'en soit plus question entre nous.

XX

L'ONCLE ET LE NEVEU

Il était 10 heures du matin. Dans l'élégant fumoir de l'appartement qu'il occupait rue de Penthièvre, M. James Fusrter parcourait les journaux du jour. Mais, évidemment, sa pensée errait au loin, et, au froncement très accusé de ses sourcils fauves, on devinait que les événements ne devaient pas marcher tout à fait au gré de ses désirs. La porte s'ouvrit, et M. Moïse Furster entra. Il faisait un temps déplorable, et le jeune Israélite, s'approchant de la cheminée où brûlait un bon feu :

— Quel chien de temps, dit-il. En vérité, cher oncle, il faut avoir absolument envie de vous être agréable pour consentir à patauger ainsi dans cette abominable boue.

James Fursier haussa les épaules.

— Le désir de m'être agréable a toujours été le moindre de tes soucis, mon cher, fifil. Inutile de jouer ainsi la comédie. Ton intérêt exige que tu entretiennes avec moi des rapports suivis. Donc, sans plus de retard, apprends-moi le résultat de ton voyage d'Angers.

Moïse partit d'un éclat de rire sardonique.

— Je crois, très respectable oncle, répliqua-t-il, que si vous réussissez dans toutes vos entreprises comme dans cette affaire Vauhardel, j'agirai sagement en séparant mes intérêts des vôtres.

— Que veux-tu dire? demanda James.

— Nous sommes roulés, mon oncle, abominablement roulés. Les de Serquigny gagnent sur toute la ligne. Le plus enrageant, c'est que, non content de devenir millionnaire, le fils se mariera très probablement avec cette petite Suzanne d'Avenel.

— Enfin... [illegible] le tribunal d'Angers a [illegible] la demande de Maurice...

— Vous croyez ça? Eh bien, vous êtes dans une erreur profonde.

— Gendron m'avait promis [illegible]

— Il était absolument démoralisé, votre Gendron. D'ailleurs, voici une lettre de lui. Elle vous instruira mieux que je ne pourrai le faire moi-même.

D'un geste brusque, James arracha le papier des mains de Moïse et lut à voix haute l'épître suivante :

Angers, 16 décembre 1897.

T.·. C.·. et V.·. F.·.,

Au lieu de la bonne nouvelle que j'espérais vous transmettre, je suis forcé de vous annoncer un lamentable échec. Par exemple, je n'en suis pas responsable. Toutes mes précautions étaient prises, et, sans l'apparition de Mme Doutrebois, la tante du jeune de Serquigny, nous enlevions la chose haut la main.

— Comment! Mme Doutrebois était à Angers! s'écria James Fursier, interrompant sa lecture.

— Parfaitement, mon oncle. Elle est arrivée au début de l'audience avec Mme d'Avenel, et il paraît qu'elle a plaidé la cause du lieutenant bien mieux que le meilleur des avocats. Voilà tout de même des gens extraordinaires, n'est-il pas vrai? [illegible] à faire constater les droits du monsieur qui les dépouillera! Ce n'est pas [illegible] qui commettrait de pareilles bêtises.

[illegible] James poursuivit sa lecture.

[illegible] Gendron. Comptant sur [illegible] conséquences [illegible]

[illegible]

Enfin, T.·. C.·. F.·., comme il n'y a nullement de ma faute, [illegible]

[illegible]

James jeta la lettre sur la table avec [illegible]

— Ah! oui, vraiment, s'écria-t-il, je vais m'employer en faveur de cet oiseau de malheur!.....

— Mais, mon oncle, pourquoi vous mettre en colère contre l'excellent F.·. Gendron? dit Moïse. Son observation est juste. Vous allez tous les jours à la banque Doutrebois, et vous n'êtes pas mieux informé de ce qui se passe dans la maison! Franchement, ça me surprend de votre part.....

A la colère du premier moment succédait, chez l'honorable James Furster, un véritable abattement.

— Que veux-tu? répondit-il, je ne comprends plus rien à ce qui se trame boulevard Haussmann. J'ai vu Doutrebois mardi. Nous étions parfaitement d'accord, et sa femme ne savait rien de ce qui se passait à Angers. Le lendemain, une religieuse s'est excusée de ne pouvoir me faire entrer, son malade étant plus fatigué. Même réponse jeudi. Hier matin, à mon arrivée, le concierge m'a annoncé que M. Doutrebois allait beaucoup plus mal, puisqu'un prêtre était venu l'administrer la veille. Pouvais-je supposer, dans ces conditions, que Mme Doutrebois allait quitter son mari pour aller rompre des lances en faveur de son neveu?

— Mon oncle, quand je suis parti hier matin, ne m'avez-vous pas dit que Mlle d'Avenel était arrivée, ces jours-ci, de Lourdes?

— Oui, mais quel rapport?.....

— Eh bien! j'ai appris à Angers que les de Serquigny en arrivent, eux aussi, de Lourdes.

Furster se frappa le front.

— Parbleu, tu as bien raison! s'écria-t-il ; voilà le mot de l'énigme.

— Je ne vois pas en quoi la situation se modifierait.

— Tu ne peux pas me comprendre, repartit James, se mordant les lèvres. Tu n'as aucun besoin, du reste, de chercher le sens de mes paroles.

— Oh! soyez tranquille. Je ne me casserai pas la tête à deviner la solution de vos problèmes, répliqua le jeune Israélite d'un ton cavalier.

— Patience! j'aurai mon tour, dit le banquier d'une voix sifflante. Ces d'Avenel ne me connaissent pas. Malheur à eux!

— En tout cas, vous êtes libre de faire marcher la banque à votre guise en l'absence de M. Doutrebois, reprit le pratique Moïse Furster.

— Les événements se précipitent et je n'ai plus un moment à perdre.

James Furster achevait à peine sa phrase quand, après un léger coup frappé à la porte, un groom vint présenter au maître du logis une large enveloppe teintée de bleu.

— Une lettre pour M. Furster, dit-il.

Il sortit. D'un geste brusque, James déchira l'enveloppe renfermant une feuille de papier timbrée.

— Oh! oh! qu'est-ce? murmura-t-il en fronçant le sourcil.

Il parcourut les premières lignes du grimoire. Soudain, son visage se contracta, et, rejetant le papier sur la table avec une exclamation de rage :

— Allons! c'est complet! s'écria-t-il. Je devais m'y attendre. Doutrebois n'est qu'une pâte molle, une girouette tournant à tous les vents.

— Quel trouble, mon oncle! Que se passe-t-il? demanda Moïse, inquiet.

— Ce papier est tout simplement la copie de la demande en dissolution et liquidation de Société formée contre moi.

— Alors, c'est pour vous la ruine? bégaya Moïse.

— La ruine! Es-tu donc tout à fait idiot? s'écria l'oncle avec violence.

— Cependant, reprit le jeune homme, courbant la tête, le règlement de votre compte à la Banque souffrira certainement des difficultés.

Un éclat de rire diabolique crispa les traits de James.

— Ce compte ne sera pas réglé! s'écria-t-il. Je ne serai pas assez niais pour me laisser dépouiller du fruit de mes longues années de travail. Pour devenir riche, j'ai foulé aux pieds tous les scrupules, toutes les prétendues lois religieuses et civiles. Pour rester riche, rien, entends-tu, rien ne me coûtera.

En prononçant ces paroles, James avait le rire hideux du Méphisto de la légende. Cependant, avec un rare sens pratique, Moïse reprit timidement :

— Mon oncle, je vous approuve et je vous admire! Seulement, comment allez-vous esquiver les responsabilités soulevées par la demande de M. Doutrebois?

— Je ne le sais pas encore. Avant tout, je veux lui parler, et, qui sait? peut-être arriverai-je à lui faire rétracter tous les actes stupides de cette semaine.

— Espérons-le, dit Moïse. Quand tenterez-vous cette démarche?

— A l'instant même. Je ne me laisserai pas jouer davantage.

Endossant leurs pardessus, les deux hommes descendirent et se séparèrent sur le trottoir.

James Furster était habitué de longue date à dominer son associé. Plein de confiance dans l'issue de sa démarche, ce fut d'un ton impérieux qu'il dit au valet de chambre lui ouvrant la porte :

— Comment va M. Doutrebois, ce matin?

— Toujours pareil, Monsieur, répondit le domestique.

James glissa adroitement un pied derrière le chambranle et reprit sur le même ton :

— Allez le prévenir de ma visite.

— Impossible, Monsieur. Par ordre formel du médecin, Monsieur ne reçoit personne.

— Allons donc, le notaire et le prêtre ont bien été introduits.

— Parce que Monsieur en a donné l'ordre, mais il ne veut recevoir aucune autre visite.

— Enfin, reprit James avec impatience, j'ai une communication très importante à faire à M. Doutrebois. Annoncez-moi.

— Si Monsieur le désire, je vais appeler la Sœur Sainte-Angèle.

Furster frappa du pied avec impatience.

— Que m'importe cette religieuse? dit-il avec humeur. Prévenez Mme Doutrebois, alors, que je veux lui parler, à elle!

— Madame a passé la nuit auprès de Monsieur. Dans ce moment, elle repose.

— Ah! ça, c'est un parti pris, s'écria James furieux. Laissez-moi passer.

Il voulut repousser le valet de chambre. Une porte s'ouvrit et Georges d'Avenel pénétra dans le vestibule.

— Pourquoi tout ce bruit? dit-il sévèrement. Est-ce ainsi qu'on agit dans la maison d'un malade?

— Pardon, Monsieur, répondit James un peu confus. Depuis quatre jours, on me refuse l'entrée de la chambre de M. Doutrebois, et il faut absolument que je lui parle. Mme Doutrebois se dérobe également, et.....

— M. et Mme Doutrebois ne peuvent, en effet, recevoir personne, ni l'un ni l'autre, interrompit Georges. Si, cependant, vous aviez quelque communication urgente, veuillez entrer, Monsieur, et m'en faire part. Ensemble, nous aviserions, s'il y a lieu.

M. d'Avenel introduisit James Furster dans un petit salon, et, tout en lui indiquant un siège, s'adossa debout le long de la cheminée.

— De quoi s'agit-il, Monsieur? lui dit-il.

— En vérité, Monsieur, vous me mettez dans un véritable embarras, repartit Furster. Peut-être ignorez-vous l'affaire dont je voulais entretenir M. Doutrebois. J'ai reçu ce matin, de sa part, un document qui m'a beaucoup surpris, et je venais lui demander des explications.....

— Vous faites sans doute allusion à la dissolution de Société réclamée par mon beau-père, interrompit Georges.

— Oui, Monsieur. Jamais M. Doutrebois ne m'avait manifesté ses intentions à ce sujet.

— C'est bien simple. M. Doutrebois, voyant son état de santé s'aggraver, a voulu mettre ordre à ses affaires.

— Mais enfin, Monsieur, on n'agit pas de la sorte vis-à-vis d'un homme dont on a été l'associé pendant près de trente ans. Il fallait me prévenir..... Je me serais chargé du règlement amiable.

— Si mon beau-père avait pu s'occuper lui-même de cette opération, il eût, sans doute, pris ce parti, Monsieur. Sa maladie ne le lui a pas permis et, sur le conseil de son notaire, il a donné sa procuration à un expert-liquidateur.

Georges conservait tout son calme. James Furster, au contraire, était irrité au delà de toute expression.

— Je le vois, en effet, dit-il, l'on a habilement circonvenu mon pauvre ami Doutrebois. Sont-ce les mêmes jurisconsultes qui ont inspiré votre attitude dans l'affaire de Serquigny?

Georges eut un mouvement de surprise.

— Je ne vous comprends pas, dit-il froidement.

— Pourtant, vous avez accompagné Mme Doutrebois à Angers, et vous avez, paraît-il, approuvé ses déclarations au sujet du lieutenant Vaubarel.....

— Pardon, Monsieur, interrompit Georges d'Avenel avec dignité, je n'ai point de renseignements à vous fournir sur une affaire d'ordre intime.

— Vous me permettrez néanmoins de vous indiquer les conséquences désastreuses devant résulter de l'issue imprévue de ce procès. Je connais la situation exacte de M. Doutrebois, et sa fortune sera à peine suffisante pour satisfaire.....

— Mais, Monsieur, vous me forcez de vous répéter que cette question concerne exclusivement ma belle-mère, reprit Georges.

— Monsieur, répondit James Furster avec vivacité, sans les intempestives réclamations de ce jeune intrigant, on n'aurait jamais songé à demander la liquidation de la banque. On croit obtenir, par ce règlement, une compensation, et l'on veut me faire fournir les fonds nécessaires pour désintéresser M. de Serquigny. Ce calcul sera déjoué.

— Veuillez modérer vos expressions, Monsieur, repartit M. d'Avenel. Nous réclamons simplement la justice pour tous.....

— Eh bien! nous verrons à qui appartiendra le dernier mot, dit Furster.

— Oh! je le sais, les Israélites ont l'habitude de fausser la lettre et l'esprit de nos lois. Cependant, le succès ne couronne pas toujours leurs efforts, nous venons d'en avoir la preuve à Angers. Et maintenant, Monsieur, vous n'avez, je pense, plus rien à me dire?

Georges, en achevant ces mots, ouvrit la porte du salon, et James, blême de colère devant cette muette invitation, sortit en enfonçant son chapeau sur sa tête.

XXI

FIANÇAILLES

Depuis quelques semaines, Mme Geneviève d'Avenel traversait une singulière crise morale.

Cette élégante jeune femme, douée d'une intelligence supérieure, comblée des dons de la fortune, avait contracté, sans s'en apercevoir, tous les travers et tous les défauts inhérents au genre d'éducation donné trop souvent aux fillettes des classes élevées de la société française. Louise Doutrebois, avec sa nature indécise et un peu indolente, ne pouvait s'apercevoir des défectuosités de l'éducation de sa fille. L'enfant avait fait de brillantes études couronnées par l'obtention de tous les brevets à la mode. Elle était devenue ensuite, aux yeux du monde, avec sa grâce et sa distinction native, une jeune fille accomplie.

Cependant, Geneviève tenait de son père un esprit qui ne se contentait point des frivoles succès du monde. Elle éprouvait un vide au fond du cœur, et elle ne savait comment le combler.

Que lui manquait-il? Elle n'aurait su le dire jusqu'au jour où elle rencontra Georges d'Avenel. Leur mariage se conclut très vite et sans qu'ils eussent eu le temps d'étudier leurs caractères respectifs. Georges appartenait à une ancienne famille du Midi, chez laquelle s'était perpétué le culte des traditions chrétiennes et françaises. Il n'avait donc pas sucé le même lait que Mlle Doutrebois, élevée dans ce monde de la haute finance, où se trouvent confondus les éléments les plus cosmopolites et les plus disparates.

Ce fut une grande déception pour M. d'Avenel lorsqu'il constata cette sorte d'infériorité morale chez la compagne à laquelle il avait attribué toutes les qualités et toutes les vertus. Il aimait trop néanmoins sa jeune femme pour lui en tenir rigueur. Il comprit aussi que ses travers provenaient surtout d'un vice d'éducation ; alors il chercha, avec une patience et une douceur infinies, à rectifier, à redresser l'arbre tordu.

Devant cette tactique, Geneviève se soumit d'abord. Peu à peu, elle en vint à étudier les points sur lesquels éclataient les divergences entre elle et Georges.

L'installation de Suzanne auprès des jeunes époux, après la mort de Mme d'Avenel mère, marqua une nouvelle étape dans la transformation de Geneviève. Pour la première fois de sa vie, elle se trouvait en contact avec une personne profondément et sincèrement chrétienne. D'abord, elle railla les pratiques religieuses de Suzanne. Puis elle dut s'avouer encore que cette dévotion n'excluait point, chez la jeune fille, une grâce et un enjouement charmants.

Cependant, en rendant hommage aux qualités de sa belle-sœur, Geneviève éprouvait encore parfois une sorte d'irritation. Ce mauvais sentiment se manifesta surtout pendant le séjour de Charles Vaubarel à Fresnières. Elle ne méconnaissait point la supériorité morale du jeune officier sur ses rivaux, mais elle en voulait à Suzanne de dédaigner les avantages purement matériels auxquels, en pareil cas, elle eût, elle-même accordé la préférence.

En rentrant à Paris, elle prit des informations sur le compte de Moïse Furstor, espérant encore trouver des arguments de nature à renouer les pourparlers si brusquement interrompus à Fresnières. Alors, elle apprit que l'oncle et le neveu avaient à peu près la même valeur au point de vue moral, et, en même temps, lui fut révélé le rôle de dupe joué depuis si longtemps par son père.

Puis, Mlle d'Estizac d'abord, sa mère ensuite, annoncèrent [illegible] de Maurice de Serquigny ! Décidément, le ciel et la terre semblaient se réunir pour accabler la famille Doutrebois.

Geneviève s'étonna au plus haut degré de la philosophie de son mari devant toutes ces fâcheuses nouvelles. Le soir, quand ils furent seuls, elle eut une sorte de crise nerveuse et supplia Georges de lui pardonner un désastre dont elle n'était pas la cause.

— Mais, ma chère amie, je n'ai rien à te reprocher. Calme-toi, je t'en supplie, lui dit M. d'Avenel.

— Oh ! si, tu m'en voudras. Songe que nous allons être ruinés, quand ton cousin de Serquigny aura repris possession de Fresnières.

— C'est mal à toi, Geneviève, de me supposer capable de te rendre responsable d'un changement de position que rien ne pouvait faire prévoir. Lors de notre mariage, je n'ai point placé la question argent en première ligne.

— Enfin, tu l'avoues toi-même, tu ne prévoyais pas ce retour inattendu de l'héritier de Fresnières?

— Dans la vie, ma pauvre enfant, il faut savoir accepter la bonne comme la mauvaise fortune. Mais, lors même que ce cousin nous serait parfaitement antipathique, le devoir nous obligerait encore à une prompte restitution, et quand le devoir parle, il faut s'incliner.

— Ah! dit Geneviève, pouvons-nous compter sur les bons procédés de Maurice?

Georges ne put s'empêcher de sourire.

— Dans le cas particulier, je crois tes craintes exagérées. En revoyant Suzanne à Lourdes, ton cousin a certainement oublié tes réflexions acerbes.

— Alors, suivant toi, le sentiment entraînant nos jeunes gens l'un vers l'autre ne s'est pas éteint?

— Je ne puis te dire qu'une chose : Suzanne, après cette nouvelle rencontre, se serait probablement obstinée à épouser le lieutenant Vaubarel. Elle ne refusera pas, je le suppose, la main du capitaine de Serquigny, et toi, ma chère Geneviève, tu ne t'opposeras pas à resserrer les liens unissant nos deux familles.

— Oh! non, certes, dit Geneviève. Mais pourquoi Maurice n'a-t-il pas fait déjà sa demande officielle?

— Dame! il faut avant tout que son identité soit parfaitement établie.

. . . .

Les jours qui suivirent le retour de Mme Doutrebois à Paris s'écoulèrent, tristes et mornes, boulevard Haussmann, où Elie continuait à se débattre contre la maladie. Sa femme et sa fille ne quittaient plus guère son chevet. Mlle d'Estizac était repartie pour Lourdes. Suzanne se multipliait auprès de ses parents, et souvent Mme Doutrebois lui répétait :

— Chère petite, que vous êtes bonne! Pour moi, vous êtes vraiment une seconde fille.

Le matin du 23 décembre, M. d'Avenel reçut une lettre du colonel de Serquigny datée d'Angers, et contenant seulement ces quelques lignes :

Nous sortons à l'instant du Palais de Justice. L'existence de Maurice est officiellement reconnue. Demain matin, nous partons pour Paris où nous arriverons à 11 heures. Pendant que mon fils ira au ministère faire régulariser sa situation, je me rendrai directement chez vous, et je serai très heureux, mon cher Georges, de causer sérieusement avec vous et avec Geneviève.

Il n'était pas besoin d'être grand clerc pour comprendre la nature de la communication annoncée par M. de Serquigny. Le lendemain, à 11 h. 1/2, le vieil officier sonnait chez son neveu...

Geneviève et Georges l'accueillirent très affectueusement. Après s'être informé de la santé de M. Doutrebois, le colonel continua en ces termes :

— Je vous demande pardon, ma chère Geneviève, de vous arracher pour quelques moments au chevet de votre père. Mais à l'instant où Maurice, remis enfin en possession de son véritable état civil, va être attaché comme capitaine à l'un des régiments de Paris, il est utile qu'une explication définitive ait lieu entre nous.

— A votre disposition, mon oncle, dit la jeune femme.

— Je me doute du but de votre visite, reprit Georges en souriant. Mlle d'Estizac m'a raconté certaines particularités de votre voyage à Lourdes.

— Parfaitement, mon ami, je vous remercie de m'aplanir ainsi les voies. La diplomatie n'est pas ma qualité dominante, je m'en suis aperçu, cet été, quand j'ai voulu plaider auprès de Geneviève la cause du lieutenant Vaubarel.

— Mais, mon oncle, interrompit Mme d'Avenel devenue très rouge, nous échangions des propos ne reposant sur aucune base sérieuse.

— Et moi, je cherchais précisément quelques encouragements avant de risquer cette demande officielle, reprit le colonel. Enfin, oublions ce malentendu, et permettez-moi aujourd'hui de remettre toutes choses au point en sollicitant la main de Mlle Suzanne d'Avenel pour mon fils, le capitaine Maurice de Serquigny.

— Mon oncle, répondit Georges, je puis vous répondre affirmativement pour Geneviève et pour moi. Reste à consulter la principale intéressée.

Un coup de sonnette retentit.

— Qui vient là? Mon père serait-il plus mal? dit Geneviève en prêtant l'oreille.

— Eh! non, je reconnais la voix de Maurice, repartit le colonel. Ah! ces amoureux! Il ne devait pas être ici avant une heure.

Georges alla lui-même au-devant du capitaine et l'introduisit. Geneviève s'avança vers lui, les deux mains tendues :

—Mon cher cousin, dit-elle, permettez-moi de vous féliciter et de vous dire combien je suis heureuse de vous revoir.

— Ah! Geneviève, merci de cet accueil, balbutia Maurice en déposant un baiser sur le beau front blanc qui se tendait vers lui.

— Oui, remercie ta cousine en attendant de pouvoir la nommer ta sœur, reprit le colonel.

— Oh! dois-je enfin croire à mon bonheur! demanda le jeune officier.

— Dame! mon cher, nous n'attendons plus que l'avis de Mlle Suzanne.

— Mon oncle, voulez-vous me permettre d'aller la chercher? Elle vous répondra elle-même, dit Geneviève.

Elle sortit du salon. Deux minutes plus tard, elle reparaissait, tenant Suzanne par la main. Les deux officiers s'inclinèrent devant la jeune fille, et Mme d'Avenel prit la parole la première.

— Ma chère Suzanne, dit-elle d'une voix émue, je suis un peu jeune pour vous servir de mère. Permettez-moi néanmoins de vous présenter un époux qui saura vous rendre heureuse, et de vous dire avec quel plaisir je verrai encore se resserrer nos liens de parenté.

Maurice s'était avancé.

— Oh! Geneviève, reprit-il, merci encore, et vous, Mademoiselle, oh! dites que vous consentez à devenir ma compagne.

Suzanne, rouge et les yeux humides, laissa tomber sa main dans celle du jeune officier, et, se tournant vers Georges :

— Tu ratifies, n'est-ce pas, frère? dit-elle doucement.

— Eh bien! et moi, intervint le colonel en essuyant une larme, on m'oublie donc?

— Oh! non, colonel, non, mon père, répondit la jeune fille en se jetant dans ses bras. Plus que personne, d'ailleurs, je dois vous remercier de mon bonheur, car votre prophétie s'est réalisée : la Providence nous destinait l'un à l'autre, et elle a su nous réunir malgré tous les obstacles.

Maurice et Suzanne étaient à l'une de ces heures de la vie qui échappent à toute analyse. Réfugiés dans un angle du salon, ils feuilletaient, en apparence, des livraisons illustrées éparses sur une table. En réalité, ils prononçaient de ces paroles comme seuls savent en trouver les fiancés, ou même, le plus souvent, ils demeuraient silencieux, échangeant des regards attendris, seuls interprètes de l'immense joie qui remplissait leurs âmes.

Geneviève était redescendue auprès de son père. Assis de chaque côté de la cheminée, le colonel de Serquigny et M. d'Avenel causaient. Le vieil officier racontait à Georges son existence si longtemps torturée et qui, maintenant, semblait éclairée par un radieux rayon de soleil. Une ombre, pourtant, obscurcissait ce beau ciel : arriverait-on jamais à découvrir le mystérieux assassin?

— Peut-être, dit Georges, qui avait écouté attentivement le colonel. Ne pensez-vous plus à cette Marthe Legris dont je vous parlais l'autre jour?

— J'y songe, au contraire, plus que jamais, mon ami. Sans la gravité de la maladie de M. Doutrebois, je vous aurais demandé de m'accompagner à Versailles.

— Il s'agit d'une absence de quelques heures à peine, repartit M. d'Avenel, et nous devrions, à mon avis, faire cette démarche le plus tôt possible. Autant qu'à vous, il me tarde d'avoir le mot de cette cruelle énigme.

M. d'Avenel avait prononcé ces dernières paroles avec une sombre énergie. Le colonel le regarda avec surprise.

— Auriez-vous quelque soupçon, quelque indice? demanda-t-il.

— Je ne sais rien de positif, mais un enchaînement de circonstances imprévues, ou plutôt une sorte d'intuition me laisse espérer que je pourrai vous fournir d'utiles renseignements.

— Oh! Georges, parlez, je vous en prie, dit M. de Serquigny avec effusion. Tenez, je devrais, en ce moment, ne songer qu'à la joie de mon fils. Eh bien! malgré moi, l'image de ma pauvre Valentine se dresse entre mes enfants et moi. Il me semble qu'elle me crie vengeance.

— Mon cher oncle, je ne vous dirai rien avant d'avoir vu Marthe. Mes suppositions sont en ce moment trop vagues.

— Demain, seriez-vous disposé à aller à Versailles? reprit M. de Serquigny.

— Oui, nous prendrons le train de 10 heures du matin.

XXII

RÉVÉLATIONS DE MARTHE

La maison de louage de voitures Deschamps et Cie jouissait à Versailles d'une réputation justement méritée d'exactitude et d'honorabilité.

Le directeur s'occupait surtout du matériel et des relations extérieures de l'établissement. Sa femme se tenait au bureau et recevait les commandes des clients.

Mme Marthe Deschamps, âgée de cinquante-cinq ans environ, portait sur son visage épanoui l'expression de la franchise. En ce moment, assise à son pupitre, elle tirait son aiguille, très attentive à la confection d'un ouvrage de lingerie. Au bruit de la porte, elle se leva vivement.

— Monsieur d'Avenel! s'écria-t-elle. Quelle bonne surprise!

Georges entrait, en effet, suivi du colonel de Serquigny.

— Oui, Marthe, c'est bien moi, dit-il en prenant un siège que lui présentait l'ancienne femme de chambre de sa mère, et je vous amène une autre vieille connaissance.....

Marthe regarda le colonel d'un air interrogateur.

— Ah! dit mélancoliquement celui-ci, il y a tant d'années que nous nous sommes perdus de vue..... vous ne pouvez vous souvenir.....

— Mais, pardon, Monsieur, interrompit Mme Deschamps ; il me semble, au contraire..... Voyons..... je ne me trompe pas..... Vous êtes bien le capitaine de Serquigny, mon ancien maître de Fresnières?

— Bravo, Marthe ; vous avez bonne mémoire, s'écria Georges. Toutefois, vous commettez une petite erreur: Le capitaine est devenu depuis longtemps colonel.

— Ah! ça ne m'étonne pas, surtout après la guerre, dit Marthe.

Elle parlait d'une voix mal assurée. M. de Serquigny ne pouvait se défendre, de son côté, d'une certaine appréhension.

— Oui, Marthe, reprit-il, je ne vous ai pas revue depuis mon départ de Fresnières, en juillet 1870, et Dieu sait, pourtant, combien je vous ai cherchée!

— A cette époque, Monsieur, je me trouvais avec ma sœur au service d'une famille parisienne qui, pendant le siège, s'était réfugiée dans le Finistère. Je ne suis jamais retournée en Touraine. Trois ans plus tard, nous perdîmes nos patrons à Paris, où nous étions revenues après la Commune ; puis j'entrai chez Mme d'Avenel où je restai jusqu'à mon mariage.

— Vous devinez pourquoi je vous recherchais, reprit M. de Serquigny. Vous seule pouviez me donner des renseignements utiles sur le sort de ma pauvre femme.

— Je n'ai su tout cela qu'en 1872 par une cousine de Tours venue me voir à Paris. Pauvre dame! j'ai bien pleuré, car je l'aimais beaucoup! Et son petit Maurice, donc! Je ne croyais certes pas les embrasser pour la dernière fois quand je les ai laissés dans la gare de Tours avec ce grand diable de Furster.....

— Furster! s'écria Georges.

— Furster! répétait en même temps le colonel. Vous êtes sûre que c'est Furster?

— Oui, Monsieur, c'est bien M. Furster, l'associé du beau-frère de Madame, qui était venu la chercher à Fresnières pour l'emmener à Lyon.

Le colonel passa la main sur son front.

— Quel horrible mystère d'iniquités! murmura-t-il.

— Écoutez, Marthe, reprit M. d'Avenel, vous nous aviez raconté jadis les tristes événements qui, en 1870, avaient accablé les familles de Valbrenis et de Serquigny. Tout cela, je l'avoue, m'avait laissé un souvenir assez confus, lorsqu'il y a trois ans j'épousai Mlle Doutrebois, devenant ainsi neveu par alliance de M. de Serquigny. Puis, le mois dernier, je vous ai retrouvée ici. Alors, la mémoire me revint ; je parlai de vous à mon oncle et à Maurice, et nous décidâmes de venir vous demander de nous aider à découvrir la vérité.....

— Maurice!..... vous parlez de Maurice? Est-il donc vivant? interrompit vivement Mme Deschamps.

— Oui, reprit le colonel.

— Oh! vous me permettrez de le revoir, n'est-ce pas, Monsieur? Je serais si heureuse de l'embrasser! continua la brave femme en proie à une visible exaltation.

— Sans doute, Marthe, mais, de grâce, racontez-moi tout ce qui s'est passé entre mon départ de Fresnières et le moment où vous avez quitté ma pauvre femme.

— Ça ne vous apprendra probablement pas grand'chose, Monsieur. Après votre départ, Madame, comme vous le pensez, était dans une grande désolation, seule à Fresnières avec Maurice. Mais son chagrin fut encore bien plus vif quand elle apprit la mort de son père. Les malheurs, dans ce temps-là, se succédaient tous les jours. Bientôt, on ne reçut plus de nouvelles de vous, Monsieur. Alors, Madame ne cessa plus de pleurer.

— Mais pourquoi restait-elle seule à Fresnières, au lieu d'aller rejoindre sa sœur? demanda le colonel.

— Je ne peux vous l'expliquer au juste, Monsieur. Elle disait qu'en quittant Fresnières elle ne recevrait plus jamais de vos nouvelles. En outre, Mme Doutrebois venait d'avoir sa petite fille. Pourtant, d'un jour à l'autre on attendait les Prussiens, et, dame! tous les pires malheurs pouvaient nous arriver. Là-dessus, ma sœur m'écrivit de Tours qu'il fallait que j'aille la soigner. Alors, Madame se décida à partir pour rejoindre Mme Doutrebois à Lyon.

— Elle pria sans doute son beau-frère de venir la chercher? demanda Georges.

— Pas du tout, Monsieur, Maurice avait déjà dix-huit mois. Il était très doux et très gentil. Madame ne craignait donc point de voyager seule. Je devais l'accompagner jusqu'à Tours. Tout était prêt pour notre départ, le matin du 14 novembre, quand, à 7 heures, on sonna à la grille. Le jardinier alla ouvrir, et un grand homme, maigre et sec, au nez en bec de perroquet, demanda Mme de Serquigny, prétendant venir de la part de M. Doutrebois. Madame était déjà levée et habillée. Elle descendit au salon, et bientôt elle remonta en me disant que M. Furster, l'associé de son beau-frère, venait la chercher pour l'escorter jusqu'à Lyon. Elle ajouta ces mots que je n'oubliai jamais : « M. Doutrebois a agi dans une intention louable en m'envoyant M. Furster, mais j'ai le pressentiment que ce voyage me sera funeste. »

— Pauvre, pauvre Valentine! murmura le colonel vivement ému.

— Je n'avais aucune raison de me défier de ce monsieur, reprit Mme Deschamps. Pourtant, il m'inspirait une sorte de répugnance instinctive. Ses yeux avaient une singulière expression. Enfin, nous partîmes après le déjeuner, laissant la maison à la garde du jardinier. A 3 heures, nous arrivions à la gare de Saint-Pierre des Corps. Là, j'embrassai Madame et Maurice et j'allai retrouver ma sœur. Un mois plus tard, une amie de Brest nous indiqua la place dont je vous parlais tout à l'heure. J'avais besoin de gagner ma vie, et le plaisir de rester avec ma sœur acheva de me décider à me gager en Bretagne. Voilà, Monsieur, tout ce que je puis vous dire. C'est, vous le voyez, bien peu de chose.

— C'est suffisant pour nous mettre sur la trace du coupable, et je vous en remercie bien vivement, dit M. de Serquigny.

A leur tour, Georges et le vieil officier mirent Marthe au courant de tous les événements concernant Maurice et sa mère. Puis, après échange de promesses de se revoir bientôt, ils sortirent pour reprendre le chemin de Paris.

Aussitôt qu'ils se trouvèrent seuls, le colonel dit à Georges :

— Mon cher ami, je n'ai parlé à Furster que deux fois dans ma vie. La première, à mon passage à Paris, en 1870, la seconde, cet été, à Fresnières. Que pensez-vous de lui?

— Furster est un ignoble personnage, répondit nettement M. d'Avenel.

— Comment êtes-vous arrivé à croire qu'il avait joué un rôle dans le drame ayant coûté la vie à Mme de Serquigny?

— J'ai eu avec lui, il y a quelques jours, une conversation au cours de laquelle il m'a laissé entendre qu'il connaissait tous les détails de l'instance pour la reconnaissance des droits de Maurice.

— En quoi cela pouvait-il l'intéresser? Il n'a jamais vu mon fils.

— Peut-être, mais il a profité, pendant vingt-cinq ans, de ses dépouilles.

Et Georges raconta à M. de Serquigny l'étrange manière dont était administrée la maison de banque Doutrebois et Furster, ce dernier s'enrichissant, tandis que son associé voyait s'engloutir chaque année la plus grande partie de ses revenus personnels. Le colonel n'en pouvait croire ses oreilles.

— Mais c'est affreux, dit-il. En dehors de la terre de Fresnières, combien Elie possède-t-il donc, suivant vous?

— Impossible de vous donner une réponse précise, mon oncle.

— Alors, si Maurice exerçait ses droits, ce serait la ruine pour ma belle-sœur et pour vous-même, Georges?

— Ah! pardon, interrompit M. d'Avenel en souriant. Considérez-moi comme tout à fait en dehors de la question. Ma fortune personnelle est bien suffisante pour Geneviève et pour moi, mais je n'en suis pas moins révolté de voir l'exploitation en règle à laquelle s'est livré ce misérable Furster, et les révélations de Mme Deschamps nous permettent, hélas! de porter contre lui des accusations plus graves encore.

— Oh! c'est vrai, murmura le colonel. Mais comment Doutrebois s'est-il ainsi laissé dominer toute sa vie par cet homme?

Georges poussa un profond soupir.

— C'est là, en effet, le point le plus obscur de la situation, dit-il.

— Enfin..... Doutrebois n'est pourtant pas le complice de Furster?

— Son complice..... dans toute l'acceptation du mot, non. Mais il doit y avoir entre eux un secret qui, dévoilé au grand jour des tribunaux, jetterait un véritable discrédit sur le nom et la réputation de mon beau-père.

— Comment Louise n'a-t-elle pu contre-balancer la néfaste influence de Furster?

— Son mari la tenait à l'écart de toutes les questions d'affaires. Voilà moins de quinze jours, Geneviève a révélé à sa mère la vérité au sujet de la maison de banque. Que s'est-il passé ensuite entre M. et Mme Doutrebois? Nous ne le savons pas au juste ; mais, à compter de ce moment, Furster a été consigné à la porte de la maison, et l'on m'a prié de l'éconduire s'il se représentait. Enfin, la dissolution de la Société a été prononcée, et l'un des hommes d'affaires les plus renommés de Paris a commencé les opérations de la liquidation.

— Oh! mais j'ignorais tout cela, reprit M. de Serquigny. Vous allez, espérons-le, faire rendre gorge à ce fripon. Pourrons-nous aussi facilement établir la preuve de ses autres crimes?

— Nous l'essayerons du moins. Toutefois, nous devrons agir avec prudence.

Moins d'une heure plus tard, MM. d'Avenel et de Serquigny arrivaient boulevard Haussmann. Geneviève, le visage pâle et les yeux humides, les accueillit par ces paroles :

— Depuis ce matin, l'état de notre malade s'est considérablement aggravé. Dans son délire, il raconte des choses invraisemblables et il se débat contre d'invisibles ennemis. Oh! combien il a dû souffrir avec ce Furster! Enfin, le médecin ne nous a pas caché que l'issue fatale ne peut plus se faire attendre longtemps.

Georges et son oncle échangèrent un regard.

— Ah! j'oubliais, reprit Geneviève en s'adressant à son mari. M. Gerbier est monté deux fois pour te parler, et il a prié de l'avertir aussitôt ton retour.

— Que peut-il avoir à me dire? répondit M. d'Avenel. En tout cas, ma chère Geneviève, sois assez aimable pour le faire prévenir de suite.

Le colonel fit un mouvement pour sortir.

— Non, restez, mon oncle, reprit vivement Georges. Je tiens au contraire à ce que vous assistiez à mon entretien avec M. Gerbier.

— Pourquoi cela? demanda M. de Serquigny, étonné.

— Parce qu'il est le mandataire de M. Doutrebois. Il a déjà examiné les écritures de la banque et doit connaître dans son ensemble la situation des deux associés. Or, je ne veux ni ne dois avoir rien de caché pour vous.

Quelques minutes plus tard, un homme d'une quarantaine d'années, portant sous le bras une volumineuse serviette de maroquin noir, était introduit dans le salon. Georges alla à sa rencontre, et sans plus de préambules :

— Je regrette de ne m'être pas trouvé ici ce matin, Monsieur, lui dit-il. J'ai pensé un moment descendre aux bureaux pour ne pas vous imposer un nouveau dérangement, mais j'ai craint que ma visite, en présence de M. Furster, ne présentât quelque inconvénient.

— Monsieur, depuis trois jours, M. Furster n'a pas reparu à la banque.

— Serait-il vrai? Alors, vous n'avez pu le voir?

— Pardon ; en sortant de chez vous avant-hier, il est entré au bureau ; je lui ai exhibé l'ordonnance du tribunal m'autorisant à procéder à l'examen de la comptabilité. Il s'est emporté violemment et est parti en faisant claquer les portes.

— Il est en fuite, murmura le colonel.

— Ce n'est pas un homme à abandonner ainsi le terrain, répondit M. d'Avenel.

— L'hypothèse émise par Monsieur le colonel pourrait bien être exacte, reprit M. Gerbier, car, à première vue, j'ai constaté que M. Furster sera débiteur envers la Société d'une somme considérable.

— Vous avez déjà pu vous rendre compte de cela? dit Georges.

M. Gerbier tira de sa serviette une feuille de papier couverte d'une longue colonne de chiffres, et la remettant à M. d'Avenel :

— Ma tâche s'est trouvée singulièrement simplifiée par la découverte de ce document écrit en entier de la main de M. Doutrebois, dit-il. C'est le relevé sommaire des sommes touchées par chacun de ces messieurs, année par année, depuis 1869.

— Comment! s'écria Georges après avoir donné un coup d'œil sur le compte; M. Furster aurait touché quinze cent soixante mille francs de plus que mon beau-père?

— Oui, Monsieur, et il y a lieu d'ajouter à ce chiffre les encaissements effectués cette année. Il résulte de mon examen sommaire que le total de l'excédent des recettes de M. Furster s'élèvera au bas mot à dix-sept cent mille francs, dont la moitié, soit huit cent cinquante mille francs, doit être restituée à M. Doutrebois.

— Mais, fit observer le colonel, cette pièce peut-elle servir de base de réclamation? Quel est l'état de la comptabilité?

— Les livres sont fort mal tenus, répondit M. Gerbier, j'ai constaté des grattages, des surcharges, des annotations qui donneront lieu à de graves contestations. Cependant, la bonne foi de M. Doutrebois me paraît hors de doute.

Georges réfléchissait, et, après un instant de silence :

— Merci de votre communication, Monsieur Gerbier, dit-il. Mais, de plus en plus, je me défie de l'inertie apparente de Furster. Il ne reculera devant aucun moyen pour conserver le fruit de ses escroqueries.

— Je partage absolument cette opinion, Monsieur, répliqua M. Gerbier. La seule preuve de la créance de M. Doutrebois réside dans les livres de comptabilité. Il n'est pas prudent, je crois, de laisser ces livres à la disposition de M. Furster, qui, possédant une clé des bureaux, peut s'y introduire quand bon lui semble.

— Quel remède? reprit M. d'Avenel. On pourrait installer un gardien ne quittant les bureaux ni le jour ni la nuit.

— Il y a un autre moyen. L'ordonnance du tribunal me donne toute latitude pour l'examen de la comptabilité, soit au siège social, soit dans les bureaux.

— Mais alors, s'écria Georges. Faites transporter les livres chez vous.

— Je ne voulais pas me permettre de prendre une semblable mesure sans votre assentiment, reprit M. Gerbier.

— Nous avons toute confiance en vous. Avez-vous le temps d'opérer ce déménagement ce soir?

— Oui ; d'ailleurs, demain, c'est la fête de Noël et après-demain dimanche. Autant en finir aujourd'hui.

— C'est entendu.

XXIII

LES INCENDIAIRES

Depuis trois jours, l'irritation de M. James Furster s'accroissait d'instant en instant. Il s'accusait de maladresse et, pourtant, il n'était pas surprenant qu'il se fût endormi dans une fausse sécurité. Il avait toujours regardé Louise Doutrebois comme une personne nulle et passive, subissant, sans les discuter, les volontés de son seigneur et maître. Georges d'Avenel ne mettait jamais les pieds dans les bureaux de la banque, et voilà que, tout à coup, ces deux personnages, dont il croyait n'avoir rien à redouter, se dressaient devant lui. Mais James ne pouvait plus se dissimuler la gravité de la situation, lorsqu'il trouva M. Gerbier installé dans le cabinet de M. Doutrebois et procédant à l'examen des livres.

— Je suis la victime des menées du parti clérical dont M. d'Avenel est l'un des plus fermes soutiens, s'écria-t-il.

Très surpris de cette explosion, M. Gerbier essaya de parlementer.

— Pourquoi cette irritation, Monsieur? dit-il. M. Doutrebois, très malade, veut mettre ordre à ses affaires. Son gendre n'entend rien aux questions de chiffres, et ces messieurs m'ont chargé du soin de régler les comptes. Rien de plus simple.

— Et tout cela a été combiné avec une duplicité jésuitique, repartit Furster. Du reste, on a suivi la même tactique pour le procès de Serquigny. Mme Doutrebois a caché son départ jusqu'à la dernière minute. Voilà bien les menées ténébreuses des fils de Loyola.....

Il écumait de rage en prononçant ces mots et frappait du poing sur les tables. M. Gerbier, à son tour, perdit patience, et, se levant :

— Vos menaces ne m'empêcheront point d'accomplir mon mandat, dit-il. Si vous voulez vous y opposer, employez les voies légales. Je n'en connais pas d'autres.

— Les voies légales, répéta James Furster avec un strident éclat de rire. Dans certains cas, elles sont insuffisantes.

— Cependant, si vous avez des droits.....

— Je vous le répète, interrompit Furster, je triompherai de toutes les embûches dressées sous mes pas. Vous vous imaginez m'obliger à je ne sais quelle restitution. Eh bien! non, mille fois non! J'aimerais mieux mettre le feu à la boîte et y faire rôtir tous mes ennemis, plutôt que de rembourser un centime.

Il sortit sur cette belle déclaration. Quels étaient au juste les pouvoirs attribués à M. Gerbier? Il l'ignorait, et son neveu Moïse, revenant aux nouvelles dans la soirée, l'interrogea vainement à cet égard. Alors le jeune Israélite s'irrita à son tour.

— En vérité, mon oncle, dit-il, on n'est pas maladroit à ce point. On vous intente un procès et vous ne prenez même pas la peine de lire les assignations.

— Et que veux-tu que je fasse pour résister aux prétentions de ces gens-là! s'écria James avec abattement. Je ne peux pas m'opposer à la dissolution de l'association.

— Cette dissolution, après tout, ne constitue pas un malheur irréparable, répliqua Moïse. Seulement, comment se fera le règlement de compte? Ce matin, vous m'assuriez que vous n'aviez rien à craindre. Mes renseignements personnels me faisaient croire que la répartition des bénéfices n'avait pas toujours eu lieu dans des proportions égales entre M. Doutrebois et vous.

— C'est vrai, répondit franchement James. Je te l'ai dit aussi, je me suis consacré corps et âme au triomphe du judaïsme et de la Maçonnerie. Je n'ai reculé devant aucun sacrifice. Quand on avait besoin d'une forte somme pour une opération urgente, on s'adressait à moi, et je demandais une avance à la caisse de la banque.

— Oh! dit Moïse goguenard, toutes les avances de cette caisse ne se sont pas englouties rue Cadet, à preuve ce bel immeuble qui vous appartient avenue de l'Opéra.....

— Tu ne vas pas, je suppose, te scandaliser parce que, à force d'économie et d'ordre, j'ai pu me ménager un morceau de pain pour mes vieux jours, interrompit aigrement James.

— Certes, mon cher oncle, je voudrais au contraire trouver le moyen de mettre votre petit avoir à l'abri de toute éventualité.

— Que veux-tu dire? demanda James étonné.

— Eh bien! mon bon oncle, reprit Moïse devenu tout à coup souple et insinuant, ne feriez-vous pas bien, pour éviter tout ennui de la part des Doutrebois, de passer vos immeubles sur la tête d'un tiers? Je pourrais, par exemple, devenir acquéreur moyennant un prix qui serait censé payé comptant.....

— Va-t'en au diable! interrompit James Furster, se levant furieux. Misérable, tu veux profiter de mon malheur pour me dépouiller complètement?

— Cher oncle, vous me faites injure. Je songe exclusivement à votre intérêt, car, enfin, il faut tout prévoir. Quand le liquidateur constatera votre situation, qu'adviendra-t-il?

— Oh! j'ai pris mes précautions. Gerbier en aura pour des mois et des mois avant de débrouiller la comptabilité.

— Si c'est là votre seul espoir, je vous plains. Le caissier a nécessairement relaté tous les versements qui vous ont été faits, et, tôt ou tard, la vérité sera découverte.

Décidément, Moïse Furster était un logicien de premier ordre. James dut se l'avouer, car il demeura silencieux, absorbé dans ses réflexions. Son neveu crut pouvoir risquer une dernière tentative.

— Etudiez ma combinaison, je vous en prie, mon oncle, dit-il de sa voix la plus douce. Vous verrez qu'elle mérite d'être examinée.

James Furster releva la tête. Sur son visage se lisait, maintenant, une expression d'indomptable résolution.

— Tu as peut-être raison, reprit-il. Nous en reparlerons ces jours-ci ; auparavant, veux-tu m'aider à accomplir une besogne?

— Je suis à votre disposition, mon cher oncle, dit Moïse, radieux.

— Cette comptabilité dangereuse de la banque Doutrebois, il faut qu'elle disparaisse.

— Ah! diable! Ça ne me paraît pas facile.

— Plus que tu ne le penses. Cet imbécile de Gerbier n'a même pas songé à me réclamer la clé des bureaux de la banque. Je puis donc y pénétrer à toute heure du jour et de la nuit.

— Très bien. Seulement, comment sortir de la maison, sans qu'on s'en aperçoive, vingt ou trente gros registres?

— J'ai un autre moyen.

— Lequel?

— L'incendie, prononça James très bas.

— Oh! oh! c'est grave, cela, répliqua Moïse. On risque le bagne, savez-vous?

— Quand on se fait prendre, acheva James.

Moïse demeurait perplexe.

— Vraiment, mon oncle, dit-il, j'aimerais mieux une autre combinaison.....

— Je n'ai pas le choix, répliqua James sèchement. Du reste, si tu ne veux pas me servir d'auxiliaire, j'agirai seul. Cela m'évitera la peine d'étudier le projet de cession dont tu m'entretenais.....

Vaincu par ces paroles, le jeune Israélite s'écria avec empressement :

— Mais non, mais non, mon oncle. Comptez sur moi. Quand ferons-nous cette expédition?

James Furster réfléchit un instant.

— Ce soir, il est trop tard, dit-il enfin. Demain, il y a grande tenue à la Loge. Nous ne rentrerons pas avant 3 heures du matin. Après-demain, viens me trouver à 8 heures du soir.

— Après-demain, mon oncle, ce sera la veille de Noël, et il y a beaucoup de promeneurs dans les rues, ce soir-là.

— Justement, dans le va-et-vient de la foule, personne ne fera attention à nous. D'ici là, du reste, je vais réfléchir à tous les détails de l'entreprise.

Le 24 décembre, à 8 heures du soir, avec une ponctualité toute militaire, M. Moïse Furster sonnait chez son parent.

— Nous nous passons de domestique ce soir, dit-il. J'ai envoyé mon groom faire réveillon chez sa tante à Montrouge.

— De cette façon, il ne pourra indiquer l'heure à laquelle nous rentrerons, répondit le jeune homme en souriant.

Ils pénétrèrent dans la chambre à coucher de James. Sur une table, au milieu de la pièce, on voyait une grande blouse en toile bleue marine, une fausse barbe d'un noir de jais, une casquette grise et une boîte munie d'une courroie en cuir, pareille à celles dont se servent les menuisiers et les serruriers pour transporter leurs outils. Au pied de la table, deux bidons devant contenir chacun huit à dix litres de liquide. Moïse recula avec étonnement.

— Qu'est-ce que tout cela? demanda-t-il.

— Nos armes, mon cher. Tiens, regarde.

James ouvrit d'abord la boîte.

— Voici des pinceaux, continua-t-il, des bougies, des allumettes, des ciseaux à froid, deux poignards, deux revolvers.....

— Et là-dedans? interrogea Moïse en soupesant un des bidons.

— Du pétrole, parbleu! C'est indispensable pour..... nous éclairer!

Et un gros rire ponctua les dernières paroles du financier. Moïse, au contraire, frissonna.

— Mais cette blouse, cette casquette? dit-il encore.

— C'est pour toi, Moïse.

— Comment! pour moi?

— Oui. Nous ne pouvons confier notre secret à personne. Nous sommes donc obligés de transporter nous-mêmes nos matériaux. Or, tu ne peux te charger de cette boîte et de ces bidons avec un pardessus garni de loutre et un chapeau à haute forme.

Moïse Furster considéra son oncle avec une sorte d'effarement.

— Eh bien! qu'attends-tu? reprit celui-ci avec impatience. Dépêchons-nous. Tiens, je vais te servir de valet de chambre.

Joignant l'action à la parole, James Furster enleva prestement le pardessus de son neveu, lui adapta au menton la fausse barbe et lui enfonça la casquette sur la tête.

— Passe ta blouse, lui dit-il ensuite.

Moïse n'osa pas formuler la moindre objection et endossa le vêtement de travail. James lui passa ensuite en bandoulière la boîte à outils et lui remit un bidon dans chaque main. Puis, le poussant devant l'armoire à glace :

— Tu es admirable! continua l'associé d'Elie Dourebois. Si je n'avais présidé moi-même à la métamorphose, je ne te reconnaîtrais pas.

— Je suis affreux, au contraire, dit Moïse d'un ton lamentable.

James partit d'un franc éclat de rire.

— Certainement, reprit-il avec bonhomie, on ne soupçonnerait jamais, sous cette livrée d'humble travailleur, le futur propriétaire du plus bel immeuble de l'avenue de l'Opéra.

Cette simple observation suffit à réchauffer le zèle défaillant du jeune Israélite.

— Je vous attends, cher oncle, dit-il aussitôt.

— Oh! je prends simplement mon pardessus. Notre rôle est facile. En arrivant à la maison, si le concierge nous adresse la parole, je te ferai passer pour un ouvrier venant réparer la suspension de mon cabinet de travail. Une fois dans les bureaux, nous travaillerons à l'aise.

Il sortit avec Moïse, fort gêné dans son accoutrement. Dans la rue, James héla un fiacre et s'y installant avec son neveu :

— Boulevard Haussmann, 47, cria-t-il au cocher.

Puis, s'adressant à Moïse :

— Nous aurons quelques pas à faire à pied, dit-il à voix basse ; je ne veux pas que le cocher sache au juste où nous allons.

Dix minutes suffirent pour la course. Mettre pied à terre, payer le cocher, puis traverser le boulevard et s'arrêter devant le numéro 62 furent, pour les deux compères, l'affaire d'un instant.

Ils s'engagèrent sous le porche, et dans la loge éclairée ils aperçurent une table servie autour de laquelle étaient assis le concierge, sa femme et deux jeunes filles de dix-huit à vingt ans.

— Ne vous dérangez pas, c'est moi, M. Furster, cria l'Israélite en passant.

Mais le concierge, au lieu d'obéir, sauta sur le seuil de la porte.

— Ah! Monsieur, dit-il, vous allez là-haut, sans doute?

— Non, pourquoi? répondit James avec brusquerie.

— M. Doutrebois est au plus mal. Il ne passera pas la nuit.

— Ah! j'ignorais cela. On ne s'est pas donné la peine de me faire prévenir.

— Dans ces moments-là, Monsieur, vous savez, on oublie tant de choses, reprit le concierge.

— C'est vrai ; enfin, je vais au bureau faire exécuter un petit travail urgent.

M. Furster se hâta de rejoindre Moïse et ouvrit la porte de la banque donnant sur la cour, à gauche du porche. Les deux hommes s'engouffrèrent dans le vestibule, refermèrent la porte derrière eux, et James, frottant une allumette-bougie, poussa le verrou de sûreté.

Ils étaient blêmes, et de grosses gouttes de sueur perlaient sur le front de Moïse.

— Alors, M. Doutrebois va mourir? dit celui-ci en s'épongeant le front.

— Il paraît, répondit James.

— Cela simplifiera peut-être le règlement de compte.

— Allons donc! D'Avenel, sous ses dehors doucereux, cache une tête de fer.

— Vous persistez dans votre projet?

— C'est ma dernière planche de salut.

— Eh bien! mettons-nous à l'œuvre! dit Moïse en soupirant.

— Oh! rien ne nous presse ; il est à peine 10 heures. L'incendie ne doit pas éclater avant minuit.

— Mais nous sommes venus trop tôt, alors. Qu'allons-nous faire jusque-là?

— La besogne ne nous manquera pas, sois tranquille. Quant à venir plus tard, je ne le pouvais pas sans éveiller les soupçons du concierge.

— C'est juste. Seulement, la gravité de l'état de M. Doutrebois complique notre situation. Pourvu qu'on ne vienne pas nous déranger?.....

— Ah! tu m'ennuies, à la fin, s'écria James. Le vin est tiré, il faut le boire. Assez causé, travaillons.

Les bureaux de la banque Doutrebois se composaient de quatre pièces. Dans le fond se trouvaient les cabinets particuliers des deux associés, éclairés sur le boulevard. A droite, une vaste chambre sur la cour abritait les trois ou quatre employés de l'établissement. Enfin, à gauche, une quatrième pièce, plus petite, où était la caisse. Une cloison en bois découpé à mi-hauteur séparait cette pièce en deux compartiments, l'un réservé au public, et l'autre où se tenait le caissier?

James et Moïse entrèrent d'abord dans le cabinet d'Elie Doutrebois. Prenant sur la cheminée une large coupe en faïence de Quimper, Furster y vida une partie du bidon, puis il se munit d'un pinceau et en présenta un autre à son neveu.

— Fais comme moi, dit-il laconiquement.

Et alors, sans se presser outre mesure, l'oncle et le neveu étendirent le dangereux liquide sur le bureau de chêne, les sièges, les tentures des fenêtres et le parquet. Ensuite, ils entassèrent sous les meubles un amas de paperasses sur lequel James versa encore du pétrole.

— Voilà qui est prêt, dit-il en se relevant ; au dernier moment, nous jetterons là-dessus une allumette.

Ils recommencèrent la même opération dans le cabinet de Furster ainsi que dans la chambre des employés ; puis ils entrèrent dans la caisse dont ils badigeonnèrent également le parquet et la cloison sculptée. Moïse était doué, paraît-il, d'un certain sentiment artistique, car, regardant cette boiserie d'un œil connaisseur :

— Joli travail! dit-il. C'est malheureux tout de même de détruire de pareils objets.

— Bah! répliqua philosophiquement James Furster, les Compagnies d'assurances nous les payeront bon prix. Par exemple, il est sage de vider le coffre-fort.

Il tira une clé de sa poche, ouvrit le meuble, et, passant diverses liasses de papier et valeurs à son neveu :

— Ramasse cela avec les outils, continua-t-il. Nous examinerons ces titres à la maison. Il est plus de minuit. Voici le moment décisif.

Il fit disparaître dans ses poches les rouleaux d'or et la monnaie déposés sur les tablettes, referma le coffre, et donnant une bougie à Moïse :

— Occupe-toi des deux cabinets, dit-il. Mets le feu aux papiers amoncelés et ferme soigneusement les portes derrière toi. Je me charge des deux autres pièces. Ensuite, nous filerons.

Le jeune Israélite obéit. James exécuta ponctuellement la partie du programme qu'il s'était réservée. L'amas de paperasses s'alluma en un clin d'œil et le bois, imbibé de pétrole, commença à pétiller. James s'élança dans le vestibule en refermant la porte derrière lui. Il entra dans la chambre des commis et mit également le feu au foyer préparé à l'avance. Il ressortait de cette chambre, quand un cri terrible retentit. Moïse, entouré de flammes, se précipitait dans le vestibule en jetant des cris perçants :

— Au secours! au secours! mon oncle..... Je brûle!..... Sauve-moi!.....

Le malheureux, en effet, au cours de son travail, avait renversé quelques gouttes de pétrole sur sa longue blouse de toile, et un papier enflammé y avait communiqué le feu.

— Imbécile! te tairas-tu? Tu vas nous perdre! s'écria James avec colère.

Il saisit Moïse. Mais, au même instant, une clé, introduite du dehors, grinça dans la serrure de la porte extérieure qui résista, grâce au verrou poussé par James. Alors retentit dans la cour un tumulte extraordinaire. Des cris de terreur se faisaient entendre, bientôt dominés par une voix impérieuse prononçant ces mots :

— Au nom de la loi, ouvrez, ouvrez!

XXIV

VISION D'UN AGONISANT

Elie Doutrebois touchait à sa dernière heure.

Son agonie avait été longue, mais son retour à Dieu lui avait apporté un grand soulagement. Sa femme, tranquille désormais sur le sort de son neveu et de son beau-frère, se consacrait tout entière aux soins du malade qui, maintenant, se demandait comment il avait pu, pendant tant d'années, mener cette existence de dissimulation et de mensonge. Pourtant, dans ses cauchemars, dans ses hallucinations fiévreuses, il se rendait parfaitement compte des regards étonnés que parfois Geneviève attachait sur lui.

— Geneviève, va-t'en, lui disait-il alors. Je veux me reposer, laisse-moi.

Une nouvelle inquiétude le tortura pendant quelques jours. Comment se passerait sa première entrevue avec le colonel de Serquigny et son fils? N'allaient-ils point lui parler des terribles événements auxquels il avait pris part?

Louise, qui devinait son tourment, s'ingénia à aplanir les difficultés de cette rencontre. D'ailleurs, après l'émouvant entretien qui avait, en quelque sorte, consacré chez Georges les fiançailles de Suzanne et du jeune capitaine, le père et le fils avaient l'âme trop remplie des plus douces émotions pour ne pas pratiquer, avec le banquier, la plus cordiale indulgence. Ce fut Elie lui-même qui aborda la question brûlante :

— Vous devez être bien heureux d'avoir retrouvé votre fils, dit-il au colonel. Qui aurait pu prévoir, cet été, tous les événements accomplis depuis trois mois?

— Quant à moi, mon oncle, dit Maurice, me rappelant votre aimable accueil à Fresnières, je suis enchanté de voir se transformer nos rapports d'amitié en un solide lien de famille.

— Fresnières! répéta mélancoliquement le malade. Vous en reprendrez bientôt possession, je pense?

— Oh! de grâce, mon oncle, ne parlons pas de ces vilaines questions d'intérêt, repartit vivement le capitaine. Quand vous serez rétabli, nous arrangerons tout cela pour le mieux.

— Ce ne sera point avec moi que vous réglerez ce compte, mon ami. Je ne serai plus là.....

Puis, après un instant de silence, tendant la main au colonel :

— Oh! dites-moi que vous me pardonnez tout, continua-t-il en attachant sur lui un regard anxieux.

— Certainement, Elie. Je suis trop heureux pour conserver le moindre sentiment de rancune envers qui que ce soit.

— Mon cher colonel, dit Mme Doutrebois, je vous remercie de ces excellentes paroles. Elles ne contribueront pas peu à ramener la tranquillité dans l'âme de notre cher malade.

Tout à coup, la physionomie du banquier se contracta, ses membres s'agitèrent ; il ouvrit de grands yeux égarés, et, d'une voix saccadée, il prononça ces mots :

— Furster, ne viens pas..... Laisse-moi mourir en paix..... Tu m'as toujours torturé..... Maintenant, j'ai secoué ton joug..... Mais..... que veux-tu donc?..... Non, non..... va-t'en! Tu ferais mourir Louise et Geneviève..... N'est-ce pas assez d'avoir assassiné cette pauvre.....

Geneviève, éperdue, attacha un regard interrogateur sur sa mère. Celle-ci l'attira un peu à l'écart et lui dit :

— N'attache aucune importance aux divagations de la fièvre, ma chère enfant. Seulement, ajouta-t-elle plus bas, je t'en prie, éloigne le plus possible de cette chambre ton oncle et ton cousin.

Mais lorsque Geneviève, s'approchant de MM. de Serquigny, voulut satisfaire au désir de sa mère, elle se heurta à une fin de non-recevoir absolue de la part de Maurice.

— Nous ne vous quitterons pas cette nuit, dit-il .L'issue fatale peut se produire d'un moment à l'autre et nous devons rester ici pour vous assister dans la mesure de nos forces.

— Mais nous ne voudrions pas abuser de vous, Maurice, reprit la jeune femme un peu embarrassée.

Enfin, après quelques hésitations, il fut convenu que le colonel regagnerait seul son hôtel. Geneviève, qui avait passé la nuit précédente au chevet de son père, remonta dans ses appartements avec Suzanne et laissa sa mère auprès du malade, avec la Sœur Sainte-Angèle. Georges et Maurice s'installèrent dans une chambre voisine, prêts à accourir au moindre appel.

Les deux jeunes gens profitèrent de ce moment d'intimité pour causer à cœur ouvert. 10 heures, puis 11 heures sonnèrent. La conversation commença à languir et ils s'abandonnèrent bientôt à une vague somnolence.

Un léger coup frappé à la porte les fit soudain tressaillir.

— Entrez, dit M. d'Avenel en se frottant les yeux.

La Sœur Sainte-Angèle se présenta.

— Venez, Messieurs, je vous en prie, dit-elle. Nous ne savons plus que faire.....

— Dois-je appeler ma femme? demanda Georges.

— Ce serait prudent, Monsieur. Cette terrible crise va achever d'épuiser le malade et l'on peut tout craindre.

Tandis que Georges montait en hâte à l'étage supérieur, Maurice rentrait avec la religieuse dans la chambre de M. Doutrebois. Celui-ci, à demi sorti du lit, agitait ses grands bras amaigris, et, avec une force étrange, repoussait sa femme qui cherchait à le faire se recoucher.

— Laissez-moi descendre, s'écria-t-il d'une voix rauque. Il est là..... Je le vois..... Il ouvre le coffre..... Il prend tout, tout..... et cet autre, que fait-il?..... Ah! il allume le feu..... Nous allons mourir..... Mais, laissez-moi donc, vous dis-je!.....

— Elie, Elie, calme-toi, je t'en supplie, disait Mme Doutrebois en sanglotant.

Maurice s'approcha à son tour du malade.

— Voyons, mon oncle, lui dit-il, où faut-il aller? Je vais descendre à votre place.

Il parlait avec une douce fermeté, et, en même temps, d'un bras vigoureux, il soulevait le banquier et le replaçait dans son lit. Tout à coup, Elie attacha sur lui ses grands yeux hagards.

— Tu veux descendre à ma place? répéta-t-il d'une voix de plus en plus haletante. Qui donc es-tu?

— Votre neveu, Maurice de Serquigny, dit le jeune officier. Inutile de vous tourmenter davantage, vous le voyez bien.

— Maurice!..... le fils de Valentine..... Oh! c'est le ciel qui t'envoie! Tu vengeras ta mère..... tu nous vengeras tous!.....

Et, en proie à une nouvelle crise, il se remit sur son séant.

— Elie, je t'en prie, recouche-toi, disait Mme Doutrebois.

Le malade fixa encore sur Maurice un regard étrange.

— Il faut qu'il descende, reprit-il. Ne vois-tu pas les flammes qui gagnent le plancher?..... Au feu! au feu!..... Nous allons tous brûler. Mais va donc, Maurice! va châtier les coupables..... Qu'attends-tu?

— Je vous obéis, mon oncle, mais à une condition. Vous allez rester bien tranquille jusqu'à mon retour, répondit le capitaine.

— Oui, oui, je te le promets..... Mais dépêche-toi..... Tiens! tout flambe, maintenant..... Ne les laisse pas fuir, ces brigands!

En ce moment, Geneviève et Suzanne entraient dans la chambre.

L'officier, en proie à un inexprimable trouble, s'avança vers elles.

Le banquier était retombé sur sa couche, murmurant des paroles inintelligibles.

— Il est plus calme, dit le jeune homme à sa cousine et à sa fiancée. Il vaut mieux que je m'éloigne. S'il recommence à s'agiter, dites-lui que je vais accomplir ses ordres.

Soudain, un bruit de pas et de voix retentit dans le vestibule, et Georges, entr'ouvrant la porte, appela :

— Maurice! Maurice!

— Qu'y a-t-il? demanda l'officier s'élançant hors de la chambre.

— Je n'en sais rien au juste. Les bureaux de la banque ont sans doute été cambriolés.

— C'est-à-dire, Monsieur, intervint le concierge, qu'il y a une heure, en partant pour la messe de minuit, ma fille a vu de la lumière au rez-de-chaussée. Je ne m'en suis pas inquiété, puisque M. Furster y était venu vers 10 heures. Mais, à l'instant, en traversant la cour, nous avons encore aperçu, par les lames des volets, la caisse et le cabinet des commis brillamment éclairés. Ça m'a paru louche et j'ai cru devoir vous avertir.

— Vous avez bien fait, répondit M. d'Avenel. Nous allons descendre. Je vais chercher les clés du bureau que M. Gerbier a fait remettre ce soir chez moi.

— Je vous accompagne ; avez-vous des armes? demanda Maurice étrangement surpris.

— C'est, en effet, une sage précaution ; je n'y songeais pas, reprit Georges. Je veux aussi appeler mon valet de chambre et celui de M. Doutrebois.

— Je cours les réveiller, dit le concierge.

— Avertissons-nous ces dames? dit M. de Serquigny.

— Inutile. Elles ont assez de tourments comme cela.

Les deux jeunes gens montèrent chez M. d'Avenel, où ils se munirent chacun d'un revolver chargé, et prirent le trousseau de clés des bureaux. Ils descendirent rapidement. Dans la cour se trouvaient réunies une dizaine de personnes dont cinq ou six femmes et deux gardiens de la paix. La femme du concierge accourut à la rencontre de son mari. Elle était livide et ses dents claquaient de terreur.

— Ah! Monsieur, venez vite, dit-elle à Georges. Les voleurs sont encore dans les bureaux. On vient d'entendre des cris désespérés..... Puis il semble que les meubles tombent les uns sur les autres..... C'est à croire qu'il y a là-dedans une bande de démons déchaînés.....

Sans répondre, M. d'Avenel s'élança vers la porte, mit la clé dans la serrure et s'efforça d'ouvrir. Ses efforts furent vains.

— La porte est verrouillée ou barricadée en dedans, dit-il. Comment faire?

Un des gardiens de la paix s'avança.

— Je vais faire les sommations, dit-il. Si elles demeurent infructueuses, nous enfoncerons la porte.

La situation de James Furster était des plus critiques.

Il avait cependant réussi à renverser Moïse et à le rouler dans la bande de moleskine formant un chemin au milieu du vestibule. Les flammes qui dévoraient le malheureux s'étaient éteintes, mais le jeune homme, étendu à terre, ne se relevait point et poussait des gémissements inarticulés.

L'atmosphère remplie de fumée devenait irrespirable. Moïse n'avait point refermé la porte du cabinet de M. Doutrebois, et James, attiré par les cris de son neveu, avait également négligé de repousser la porte de la chambre des commis. Le courant d'air établi par ces ouvertures accélérait les progrès de l'incendie. Deux fois déjà la voix de basse-taille du gardien de la paix avait réitéré son ordre.

— Je suis perdu! murmura James. Ah! non. J'ai encore une ressource. Fuir par le boulevard.

Il courut au cabinet de M. Doutrebois, mais il recula, suffoqué par la flamme et la fumée. Il entr'ouvrit la porte de son propre cabinet et la referma aussitôt. Là aussi, l'incendie faisait rage, et il devenait impossible de traverser la pièce afin d'ouvrir la fenêtre. Furster poussa une horrible imprécation.

— Je suis vaincu! s'écria-t-il, mais je vendrai chèrement ma peau.

Il prit, dans la boîte apportée par Moïse, un revolver et un poignard. Puis il revint à la porte, contre laquelle on frappait toujours à coups redoublés, et tira le verrou.

Le lourd battant de chêne s'ouvrit brusquement, et la silhouette de cet homme se détacha aussitôt sur le fond rougeâtre des flammes.

Ce fut comme une sorte d'apparition diabolique pour les personnes rassemblées dans la cour. Son revolver au poing, son poignard dans la main gauche, le Juif franchit les deux marches conduisant à la cour et, sans hésiter, tira à bout portant sur le gardien de la paix. Mais Georges d'Avenel, par un mouvement violent, écarta le bras du meurtrier, et la balle alla se perdre dans le mur d'en face.

James, prompt comme l'éclair, tourna sa fureur contre le jeune homme, et, avec un éclat de rire féroce :

— Ah! c'est toi, d'Avenel? Tu payeras pour les autres, s'écria-t-il.

Et il lui enfonça son poignard dans le côté. Georges poussa un cri de douleur et s'affaissa dans les bras du second gardien de la paix.

A ce cri répondit une autre exclamation, et Maurice de Serquigny déchargea son revolver sur James Furster. La balle l'atteignit en plein front, et, tournoyant sur lui-même, le misérable s'abattit comme une masse sur les dalles de la cour.

XXV

L'ENQUÊTE DU COMMISSAIRE

Les tragiques événements, dont l'hôtel du boulevard Haussmann venait d'être le théâtre, s'étaient accomplis en quelques minutes, et ils furent suivis naturellement d'un moment d'inexprimable confusion.

Maurice, fou de douleur, sans plus s'occuper de l'oncle Furster, s'empressait autour de Georges d'Avenel. Aidé d'un gardien de la paix, il le transporta dans la loge du concierge, et le déposa sur un canapé.

— Un médecin! vite un médecin! disait l'officier désespéré.

Le second gardien de la paix vint les rejoindre tout effaré :

— Viens vite, dit-il à son camarade. Tout brûle dans la banque. Si on ne porte pas des secours immédiats, il ne restera pas pierre sur pierre.

— Au téléphone, vivement! s'écria Maurice.

Du geste, il désignait l'appareil placé dans un coin de la conciergerie.

— Ah! nous sommes sauvés! dit le gardien de la paix en saisissant les cornets.

Au même instant, Suzanne, pâle, haletante, se précipita dans la loge.

— Que se passe-t-il? s'écria-t-elle. Ces cris, ces appels..... Oh! Georges!.....

Et avec un cri déchirant, elle se précipita à genoux auprès du canapé sur lequel on avait déposé son frère. A sa voix, celui-ci ouvrit les yeux, et, d'une voix faible :

— Calme-toi, petite sœur, ce n'est rien, balbutia-t-il ; surtout, ne dis rien à Geneviève.....

Maurice, quittant le téléphone, revint vers la jeune fille.

— Ma bien chère, du courage, dit-il en lui serrant les mains. Georges, je l'espère, n'est pas dangereusement blessé. Voyez, il nous regarde..... il nous reconnaît..... En tout cas, avant dix minutes, le médecin sera ici.

— Mais il faudrait le transporter là-haut d'abord, dit Suzanne d'une voix pleine de larmes.

— Attendez un instant ; nous avons à combattre l'incendie.

— Ah! mon Dieu! Le feu! interrompit Mlle d'Avenel, mais alors, là-haut..... que vont-ils devenir?

— Suzanne, je vous en prie, du sang-froid! du courage!..... Je suis là..... je veille sur vous tous. Vous sentez-vous la force de rester seule auprès de Georges en attendant l'arrivée du médecin? J'irai me rendre compte de l'étendue du péril.

— Oui, oui, Maurice. Allez, dit la jeune fille réconfortée. Nous comptons sur vous. Que Dieu nous protège tous!

Un grand bruit se faisait entendre sur le boulevard. Les pompiers arrivaient munis de tous leurs engins de sauvetage. En hâte, Maurice retourna dans la cour. Deux hommes sortaient du vestibule, portant une sorte de long paquet noir.

— A notre premier pas dans la maison, nous nous sommes heurtés à ce particulier-là, dirent-ils. Comment a-t-il pu s'emmailloter de la sorte?

— Vous me faites grand mal, gémit l'individu d'une voix plaintive. J'avais bien dit à mon oncle que le soir de Noël nous serions dérangés.....

On transporta Moïse dans une remise où déjà l'on avait déposé le cadavre de James, et M. de Serquigny revint vers le foyer de l'incendie. Là, il rencontra l'officier commandant les pompiers.

— Les habitants de la maison doivent-ils fuir? demanda Maurice anxieux.

— Non. Nous aurons à peine besoin de faire jouer les pompes. La malveillance n'est pas douteuse. L'insupportable odeur de pétrole qu'on respire ici suffit à le prouver. Mais les malfaiteurs n'ont pu badigeonner les tentures que jusqu'à hauteur d'homme. Les flammes, très violentes au début, sont en train de s'éteindre, faute d'aliments.

Maurice poussa un soupir de soulagement.

— Dieu soit loué! dit-il. J'ai besoin de renseignements positifs, car mon oncle agonise au second étage, et son gendre, qui demeure au-dessus, vient d'être blessé gravement par l'un des incendiaires. Je n'ose pas le faire transporter chez lui avant que tout danger soit disparu.

— Il n'y a rien à craindre, Monsieur. Du reste, jugez-en vous-même : il n'y a plus que de la fumée. Dans une demi-heure, tout sera terminé.

C'était vrai. Une vapeur blanchâtre sortait par toutes les issues de la banque, maintenant largement ouvertes, et les pompiers arrosaient encore les décombres fumants.

Maurice prit deux hommes avec lui et revint à la loge du concierge où Suzanne l'attendait en compagnie d'un médecin.

— Eh bien? demanda-t-elle en regardant anxieusement son fiancé.

— Tout est fini, Mademoiselle Suzanne ; il ne s'agit plus que de transporter notre cher blessé dans son lit.

— Ah! tant mieux! dit Georges en essayant de sourire. Je serai mieux là-haut.

On remonta M. d'Avenel dans son appartement. Sur les premières marches de l'escalier, Suzanne dit à Maurice :

— Et Geneviève? Comment la prévenir?

— Je m'en charge, répondit M. de Serquigny. Montez avec Georges. Moi, je rentre chez ma tante et j'irai vous rejoindre tout à l'heure.

Chez M. Doutrebois, à peine s'était-on aperçu de l'alerte qui venait de se produire. La chambre du banquier donnait sur le boulevard, et c'était par hasard que Suzanne avait entendu, d'une pièce voisine, le tumulte de la cour. Alors, elle s'était esquivée pour aller aux informations.

Le mourant était tombé dans un profond assoupissement. A peine un souffle léger soulevait-il sa poitrine à de longs intervalles. Mme Doutrebois, assise au pied du lit, ne se dissimulait plus que l'heure de la séparation suprême était près de sonner. Pourtant, elle dit à Maurice :

— Que s'est-il passé dans la rue? Il m'a semblé entendre les appels d'une pompe à incendie. Me suis-je trompée?

— Non, ma tante, répondit le jeune homme avec un calme affecté. Le feu a pris dans l'un des bâtiments de la cour, mais quelques seaux d'eau ont suffi à l'éteindre. Geneviève, venez donc un moment. Par la fenêtre, je vais vous montrer le théâtre de ce petit sinistre.

Il regardait sa cousine d'un air significatif, et Mme d'Avenel comprit qu'il ne voulait pas dire toute la vérité devant Mme Doutrebois. Elle suivit son cousin dans la pièce voisine.

— Il se passe quelque chose de grave, n'est-il pas vrai? demanda-t-elle.

— Ne vous alarmez pas outre mesure, Geneviève. Des voleurs se sont introduits dans les bureaux de votre père et y ont mis le feu. On s'en est aperçu à temps ; Georges a voulu ouvrir la porte, et l'un de ces bandits l'a blessé en cherchant à s'enfuir.

— Georges, blessé!..... et vous ne le disiez pas, s'écria Mme d'Avenel. Oh! Maurice, vous me trompez ; mon mari est mort!

— Serais-je aussi calme, Geneviève, s'il en était ainsi? répondit vivement Maurice. Non, Georges est en haut avec sa sœur. Le médecin est auprès de lui. Dans quelques minutes, je l'espère, nous serons pleinement rassurés sur son compte.

Mme d'Avenel ne l'écoutait plus. Elle s'était élancée dans l'escalier où le jeune officier avait peine à la suivre. Il la retint pourtant à l'instant où elle franchissait le seuil de son appartement.

— Je vous en prie, dit-il en lui serrant la main, soyez calme. En pareil cas, il importe surtout de remonter le moral du blessé.

— Soyez sans crainte, je serai forte, répondit Geneviève.

Déjà Georges était couché, et le médecin procédait à l'examen de la blessure. Suzanne, anxieuse, mais très ferme, lui prêtait son concours comme une véritable Sœur de Charité. Bientôt le praticien se redressa :

— Le bandit n'y allait pas de main morte, dit-il. Un centimètre plus loin et vous n'aviez plus besoin de mes soins. La lame a glissé sur une côte, et la blessure est heureusement plus longue que profonde. Avec quinze jours de repos absolu, il n'y paraîtra plus.

Suzanne et Geneviève échangèrent un regard ému. Leurs âmes battaient en ce moment, pour la première fois peut-être, à l'unisson devant le grave danger couru par cet époux, par ce frère, à qui elles avaient voué toutes deux une si profonde affection.

Georges tendit la main à Maurice.

— Bon et cher frère, dit-il, que de peine je vous ai donnée là!

— Comment? Je n'ai même pas pu réussir à détourner le coup de ce misérable.

— Peut-être ; mais vous m'avez si bien vengé!

— Au fait, qu'est devenu le cambrioleur sur lequel j'ai tiré? demanda Maurice.

— Le concierge et deux ou trois voisines ont dit qu'il avait été tué sur le coup, répondit Suzanne.

— A-t-il été reconnu? reprit Georges.

— On ne l'a pas nommé devant moi. C'est sans doute un de ces misérables rôdeurs de barrière qui, malheureusement, pullulent dans les bas-fonds de la population parisienne, fit observer le médecin.

— C'est étrange! murmura Georges. Il m'a semblé le reconnaître, moi.....

— Son identité sera promptement rétablie. En attendant, cher

Monsieur, continua le docteur, ne vous préoccupez plus de lui et tâchez de dormir. C'est le meilleur moyen d'éviter la fièvre.

Le bruit de la sonnette électrique retentit dans le vestibule.

— Qui vient là? Qu'y a-t-il encore? dit Geneviève frémissante.

— Attendez, je vais m'informer, reprit M. de Serquigny.

Dans le vestibule, il trouva un personnage vêtu de noir, à qui le domestique venait d'ouvrir.

— C'est bien ici M. d'Avenel? Je suis le commissaire de police du IXe arrondissement.

— Ah! très bien, Monsieur, veuillez entrer, je vous prie, dit Maurice.

Et, ouvrant la porte du salon, il introduisit lui-même l'auxiliaire du Parquet. Ce fut d'un ton assez raide que celui-ci reprit la parole.

— Vous êtes M. d'Avenel, sans doute?

— Non, Monsieur, je suis son cousin, M. de Serquigny.

— Alors, c'est vous qui avez tué le malheureux dont je viens de voir le cadavre en bas.

— J'ai appris, en effet, à l'instant, que cet homme était mort, répondit Maurice, très calme.

— Ah! vous ne vous étiez guère inquiété de lui, vraiment!

— J'avais, je l'avoue, d'autres soucis. Il fallait d'abord combattre l'incendie qui menaçait d'envahir toute la maison. Enfin, et surtout, je devais m'occuper des soins à donner à mon malheureux parent, M. d'Avenel.

— Permettez, vous aviez aussi un autre devoir que vous semblez tous deux avoir singulièrement oublié, celui de vous mettre à la disposition de la justice pour la renseigner sur ce lamentable drame.

— Mais, Monsieur, répondit sèchement Maurice, notre seule présence ici démontre que nous n'avons nullement l'intention de nous dérober. Vous ignorez peut-être, il est vrai, que, outre la blessure de M. d'Avenel, un autre membre de notre famille, M. Doutrebois, est à l'agonie depuis hier soir.

— C'est possible, dit le commissaire. Enfin, vous ne vous étonnerez pas si nous procédons immédiatement à votre interrogatoire et à celui de M. d'Avenel.

— Ah! pardon ; si je ne me trompe, les accusés seuls subissent un interrogatoire, fit observer le capitaine, et nous ne devons être entendus qu'à titre de témoins.

— Eh bien! comme il vous plaira. Admettons que je vienne recevoir vos dépositions.

— En ce qui me concerne, je suis prêt à répondre à toutes vos questions. Avant de vous introduire auprès de M. d'Avenel, je vous prierai de demander au docteur s'il est en état de vous recevoir.

— Il ne doit pas être blessé bien gravement, dit le commissaire.

— Mieux que moi, le médecin vous renseignera, Monsieur ; je l'entends justement dans le vestibule et je vais l'arrêter au passage.

Maurice ouvrit la porte et, prenant le docteur par le bras, le fit entrer à son tour dans le salon.

— Je vous demande pardon de vous retenir, lui dit-il, mais M. le commissaire de police du quartier, ici présent, désirerait interroger immédiatement M. d'Avenel sur les événements de cette nuit.....

— Ah! mais non, interrompit vivement le médecin, M. d'Avenel a perdu beaucoup de sang, et, dans son état de faiblesse, la moindre fatigue, la moindre émotion pourraient lui être funestes.

Le commissaire fit une grimace de mécontentement.

— Enfin, dit-il, la blessure n'est pas mortelle?

— Mortelle, non, mais elle offre néanmoins un certain danger, surtout si l'on ne suit pas mes prescriptions. Du reste, Monsieur le commissaire, j'ai l'intention de faire un rapport détaillé de nature à renseigner le Parquet.

Le praticien s'inclina et sortit après avoir serré la main du capitaine.

— Vous le voyez, Monsieur, fit tristement celui-ci au commissaire, j'avais raison de me tourmenter, et mon malheureux parent payera peut-être de sa vie le dévouement dont il a fait preuve en détournant la balle destinée à votre agent.

— Tout cela est bien regrettable, dit le commissaire évidemment embarrassé. Connaissiez-vous l'individu sur lequel vous avez tiré?

— Non, Monsieur.

— Allons donc, ce n'est pas possible.

— Monsieur le commissaire, j'appartiens à l'armée française. On me promet même la croix de la Légion d'honneur pour la fin de l'année. C'est vous dire que je n'ai pas l'habitude du mensonge, repartit Maurice avec dignité.

— Enfin, c'est inexplicable, vous êtes le neveu de M. Doutrebois, et vous prétendez ne pas connaître M. Furster, son associé depuis trente ans?

— Furster! s'écria le capitaine, c'est Furster que j'ai tué?

— Hélas! oui, Monsieur. Vous comprenez maintenant la gravité de cet événement, dit le commissaire.

— Un événement entraînant mort d'homme est toujours grave, répondit Maurice sans s'émouvoir. N'ayant jamais eu l'occasion de voir M. Furster, je ne pouvais le connaître. En eût-il été autrement, d'ailleurs, que, dans les circonstances où l'aventure s'est produite, j'eusse agi de la même façon.

— Ah! Monsieur, ne dites pas cela! M. Furster était un excellent homme, parfaitement connu et coté sur la place de Paris. Nous faisions partie du même cercle..... Il laissera un grand vide parmi nous, Monsieur.

— Cela prouve qu'à votre cercle on n'est pas difficile, repartit l'officier avec ironie.

— Prenez garde, Monsieur, vous nous insultez! s'écria le magistrat de police.

— Je crois plutôt, Monsieur le commissaire, que votre sympathie pour M. Furster vous fait perdre la notion exacte des choses, répliqua Maurice. Vous dites que j'ai tué M. Furster, c'est possible. On nous a avertis qu'il y avait des cambrioleurs dans les bureaux de M. Doutrebois ; l'un de ces misérables a tiré sur un gardien de la paix qu'il a manqué, grâce à l'intervention de M. d'Avenel. Alors, tournant sa colère contre ce dernier, il lui a porté un coup de poignard. En voyant tomber Georges, j'ai tiré à mon tour sur l'assassin. Demain, du reste, je ferai ma déclaration au Parquet.

— Pour mon compte personnel, dit le commissaire en se levant pour sortir, j'estime que vous avez agi avec une précipitation regrettable, et, je ne vous le cache pas, mon rapport ne vous sera pas favorable.

— Comme vous voudrez, Monsieur, répondit le jeune officier en s'inclinant froidement.

XXVI

JUSTICE EST FAITE

A l'hôtel Doutrebois, où il se présenta de grand matin, le colonel de Serquigny apprit toutes les circonstances de la tragédie de la nuit précédente.

Il monta d'abord chez Georges, et Suzanne, quittant un moment le chevet de son frère, accourut vers lui et se jeta dans ses bras.

— Oh! quelle horrible nuit! balbutia-t-elle à travers ses sanglots.

— Ma chère enfant, le concierge m'a fait un récit tellement embrouillé que je n'y ai pas compris grand'chose. A-t-on, oui ou non, voulu assassiner votre frère?

— Oui. C'est cet indigne Furster qui l'a poignardé.

— Quoi! Furster..... Mais, alors, c'est Maurice qui l'a tué?

— Oui, quand il a vu tomber Georges, il a tiré sur Furster sans le connaître.....

— Oh! Georges avait raison, murmura le colonel à mi-voix.

— Je n'ose vous prier d'entrer voir mon frère, continua Suzanne. Le médecin a recommandé un calme absolu, surtout d'ici quelques heures.

— Je reviendrai plus tard, mon enfant. Il faut que je descende d'abord chez M. Doutrebois. Savez-vous où est Maurice?

— Il se multiplie pour nous assister tous, dit Mlle d'Avenel. Il est venu chercher Geneviève, il y a une heure environ, et je ne les ai pas revus depuis. Mais, tenez, je l'entends..... Oui, c'est bien lui.

La porte s'ouvrit et le capitaine de Serquigny entra.

— Ah! cher père, enfin, vous voilà, dit-il en embrassant le colonel. Combien il me tardait de vous voir!

— Si j'avais prévu les terribles événements de cette nuit, je ne vous aurais, certes, pas quittés hier soir, reprit le vieil officier. Et M. Doutrebois?

— Il s'est éteint, il y a une demi-heure, répondit Maurice.

— Pauvre Geneviève! Etait-elle auprès de lui? demanda Suzanne.

— Oui, Mademoiselle. Elle remontera bientôt, mais, en ce moment, elle est sous le coup d'une trop vive émotion.

— Vous me permettrez, Messieurs, de retourner de suite auprès de mon frère, reprit Mlle d'Avenel.

Elle s'éloigna rapidement.

— Pauvre petite, dit M. de Serquigny. Quel noble cœur et quelle simplicité!

— Et quel courage! continua Maurice avec enthousiasme; sans elle, cette nuit, je me demande ce que je serais devenu.

— En effet, mon pauvre Maurice, tu as passé par de terribles transes.

— Comme soldat, je ne m'effraye pas outre mesure d'avoir ôté la vie à cet homme. Nous en avons vu bien d'autres à Madagascar. Mais ce qui me surprend le plus dans cette lugubre aventure, c'est que j'ai subi une sorte de suggestion de la part de M. Doutrebois.

— Que veux-tu dire? demanda le colonel.

— Vers minuit, on nous a appelés, Georges et moi, auprès de mon oncle en proie à un délire effrayant. Était-ce bien du délire?..... Il criait au feu, et, en réalité, paraissait assister à la scène qui s'accomplissait à ce moment dans les bureaux. Il me reconnut et me chargea de faire prompte justice des bandits dont il nous décrivait tous les actes, ajoutant que je vengerais tout le monde, même ma mère.....

— Est-il possible? s'exclama le colonel.

— Je fis au mourant toutes les promesses qu'il me demandait, continua Maurice. Au même instant, on nous donnait l'alarme d'en bas. Cette coïncidence me frappa vivement et, sous l'empire des paroles de M. Doutrebois, j'engageai Georges à prendre une arme et à m'en fournir une autre. Quand je tirai sur Furster, je croyais n'avoir devant moi qu'un vulgaire cambrioleur. Mais que penser de l'extraordinaire vision de mon oncle?

— Mon cher ami, dans ma longue carrière militaire, il m'a été donné plusieurs fois de constater des phénomènes semblables. Des hommes avaient, au dernier moment, une perception très nette de ce qui se passait à leur foyer, chez leurs parents, quelquefois à deux ou trois mille lieues de leur lit de mort, et j'avais ensuite l'occasion de vérifier l'exactitude de leurs visions.

— Mais enfin, demanda Maurice, en ce qui concerne ma pauvre mère, les paroles de M. Doutrebois ne peuvent avoir aucun sens?

— Eh bien! si, mon enfant, repartit le colonel en baissant la voix. Le criminel, le meurtrier, dont nous cherchons la trace depuis deux mois, c'était Furster.....

— Furster!..... Et vous ne me le disiez pas!.....

— Je n'ai acquis une conviction certaine qu'hier en interrogeant cette Marthe Legris qui avait accompagné ta pauvre mère dans son dernier voyage. Georges d'Avenel, du reste, n'a été nullement surpris de ses révélations, car il était fixé d'avance sur la valeur du personnage. Toutefois, nous voulions rassembler toutes les preuves de sa culpabilité avant de te mettre au courant. La Providence s'est chargée de hâter les choses. Doutrebois, je le vois maintenant, a consciemment servi d'instrument à la justice divine en armant ton bras contre Furster.

— Alors, mon oncle lui-même avait sa part de responsabilité dans cet abominable crime de La Possonnière?..... Oh! c'est affreux!.....

— Doutrebois est mort, Maurice. Paix à ses cendres!

Maurice baissa la tête sans répondre. Le colonel se leva.

— Viens, reprit-il. Ta tante doit nous attendre avec impatience.

— C'est vrai, je n'y pensais plus, dit le jeune officier. Ni elle ni Geneviève ne peuvent être rendues responsables de nos malheurs.

Ils redescendirent au second étage et pénétrèrent dans la chambre mortuaire. La physionomie d'Elie Doutrebois avait revêtu une expression de calme et de sérénité extraordinaire. Il semblait dormir. Sur une table et entre deux flambeaux allumés, un crucifix avec le rameau trempait dans l'eau bénite. Une religieuse à genoux égrenait son chapelet avec ferveur. Mme Doutrebois était affaissée dans un fauteuil. Au bruit de la porte, elle se releva, alla au-devant de Maurice et de son père, et leur tendant les mains :

— Tout est fini, leur dit-elle à voix basse. Pauvre Elie! Il a souffert plus que vous ne pouvez le supposer. Aussi je m'adresse à vous surtout, mon frère ; permettez-moi de vous prier instamment de ratifier le généreux pardon que vous lui avez accordé avant-hier.

— Louise, dit gravement le colonel, j'accède à votre prière d'autant plus volontiers qu'aujourd'hui je connais la vérité tout entière.

Mme Doutrebois recula.

— Tout..... vous savez tout?..... Oh! mon Dieu!

Et elle cacha sa tête dans ses mains.

— Vous avez raison de dire que votre mari a cruellement souffert, poursuivit le colonel. Mais l'homme néfaste qui le courbait sous son despotique pouvoir a subi le châtiment de ses crimes. Furster est mort.

— Mort! répéta Mme Doutrebois. Comment? Depuis quand?

— Vous saurez tout plus tard. En ce moment, nous devons d'abord nous incliner devant ce lit funèbre et prier Dieu de pardonner aux défunts comme nous leur pardonnons nous-mêmes.

Et Maurice et M. de Serquigny tombèrent à genoux devant la dépouille mortelle d'Elie Doutrebois.

. . . .

Il y eut ce soir-là plusieurs batteries de deuil, à l'hôtel du Grand-Orient, rue Cadet, en l'honneur du vénérable Frère James Furster.

Le commissaire de police, suivant la menace par lui faite au jeune officier, s'efforça dans son rapport de blanchir la mémoire de James et de le représenter comme une victime d'un déplorable malentendu. Mais ce système ne put résister longtemps devant les dépositions de toutes les personnes qui avaient assisté au drame du boulevard Haussmann.

De son côté, Moïse Furster, cruellement brûlé aux mains et à la figure, demeura longtemps en traitement à l'hôpital Beaujon, dont il n'aurait dû sortir que pour être poursuivi comme incendiaire. Mais si les protecteurs des Furster n'avaient pu incriminer la conduite du capitaine de Serquigny ni blanchir la mémoire de James, du moins ils firent tous leurs efforts pour éviter le scandale de la Cour d'assises.

Par ailleurs, MM. d'Avenel et de Serquigny ne tenaient pas à laisser ouvrir les débats dont la mémoire d'Elie Doutrebois n'en pouvait sortir parfaitement indemne. Ils consentirent donc à abandonner la poursuite à la condition que Moïse Furster quitterait Paris et la France pour toujours. Heureux de se tirer d'affaire aussi facilement, le neveu de James partit pour Hambourg, où il dirige actuellement une importante maison de banque.

La convalescence de Georges d'Avenel se prolongea jusqu'en février. Pendant ce temps, Maurice s'installait avec son père à Paris et prenait le commandement de la compagnie d'infanterie dont il venait d'être nommé capitaine.

La mort d'Elie Doutrebois, survenue en même temps que celle de James Furster, accéléra les opérations de la liquidation de la Société ayant existé entre eux. Grâce à la prévoyance de M. d'Avenel et de M. Gerbier, qui avait emporté à son domicile tous les documents utiles, il fut facile d'établir le compte des deux associés. Il constatait que James Furster restait débiteur envers la succession Doutrebois d'une somme de neuf cent cinquante mille francs. Les immeubles appartenant à l'Israélite furent donc mis en vente, et le produit, s'élevant à neuf cent mille francs nets, fut attribué à Mmes Doutrebois et d'Avenel.

Par suite de cette restitution inespérée, ces dames purent, sans voir leur situation diminuée, abandonner le domaine de Fresnières à son légitime propriétaire, Maurice de Serquigny.

A la fin d'avril, tous ces arrangements étant terminés, Maurice sollicita un nouveau congé d'un mois, et les deux familles partirent pour Fresnières, où, bientôt, Mme Vaubarel et Mlle d'Estizac vinrent les rejoindre.

Ce fut là, dans l'humble église de campagne où, trente ans auparavant, Valentine de Valbrenis et le lieutenant de Serquigny avaient reçu la bénédiction nuptiale, que se célébra le mariage de leur fils, le capitaine Maurice de Serquigny, avec la douce et gracieuse Suzanne d'Avenel.

FIN

1014-12 — Imprimerie P. Feron-Vrau, 3 et 5, rue Bayard, Paris, VIIIe.

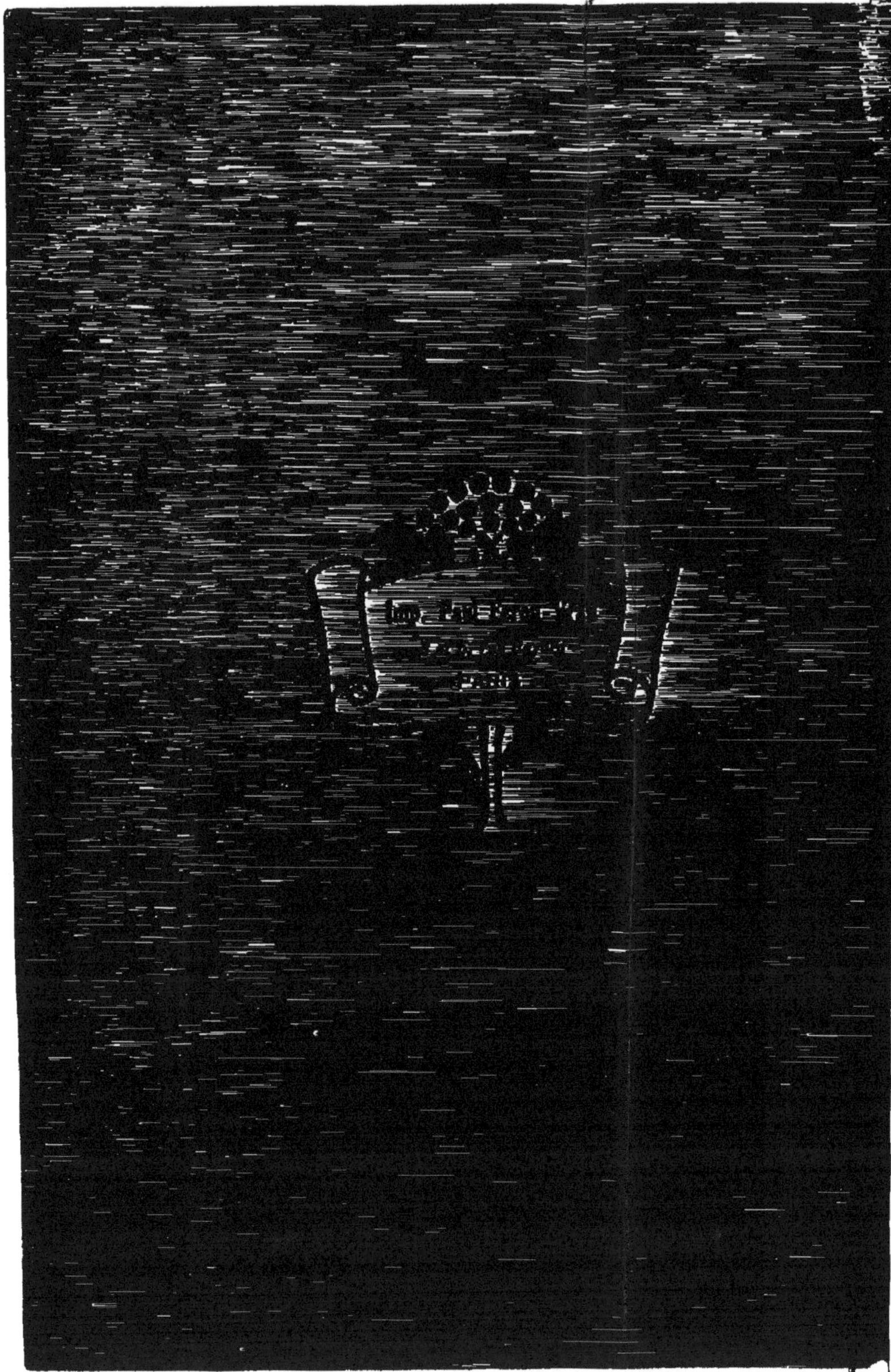

www.ingramcontent.com/pod-product-compliance
Ingram Content Group UK Ltd.
Pitfield, Milton Keynes, MK11 3LW, UK
UKHW021003230726
13924UKWH00009B/1589

9 782019 932169